KB101913

내 마음속 자유주의 한 구절

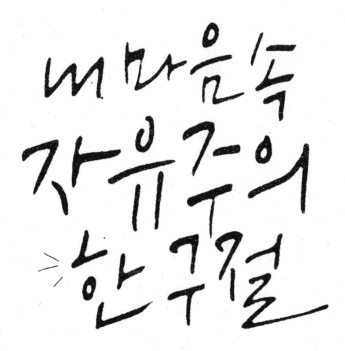

내 마음 속
자유주의
한 구절

복거일 · 남정욱 엮음

살림

"자유란 전체주의와의 대결과
극복 결과로 만들어지는 것이다."

단문의 시대를 위한 자유주의 독법

- 복거일(소설가)

글들이 점점 짧아진다. 논설이든 소설이든 점점 짧아진다. 한 세대 전만 하더라도, 일간 신문의 논설들은 원고지 20매(4,000자)가량 되었다. 지금은 2,000자 안팎이다. 소설도 비슷한 추세를 보여서, 소설의 전성기라 할 수 있는 1980년대엔 원고지 1,000매는 넘어야 장편소설 대접을 받았다. 이제는 500~600매면 출판사에서 딱 좋다고 반긴다.

글들이 그렇게 짧아진 데엔 물론 여러 요인들이 작용했겠지만, 근본적 요인은 시간의 가치가 부쩍 커졌다는 사실이다. 살아가는 데 필수적인 일들에 바치고 남은 자투리 시간을 쓸 데는 점점 늘어난다. 보통 사람의 경우, 운동, 게임, 텔레비전, 영화, 휴대전화를 통한 대화와 같은 일들에 여가의 대부분을 바친다. 글을 읽는 데 바칠 시간이 점점 줄어드는 것이다. 게다가, 글이 본질적으로 정보의 꾸러미인데, 텔레비전이나 컴퓨터의 검색 엔진으로 급한 정보들을 얻는 것이 훨씬 경제적이다. 이제 긴 글이 설 자리는 아주 좁다.

사람들의, 특히 젊은 세대의, 관심 폭(attention span)이 줄어들었다는 사정도 있다. 일상생활의 속도가 빨라지면서, 누구도 한 가지 활동에 오래 몰입할 수 없게 되었다. 자연히, 사람들의 관심 폭이 점점 줄어든다. 지식의 습득을 위한 장소인 강의실에서도, 강의가 좀 길어지면, 학생들의 마음은 다른 곳으로 향하고 몸은 들썩인다. 그래서 모든 글들이 한자리에서 읽을 수 있도록 씌어진다.

하긴 글만이 그러한 것도 아니다. 바둑은 원래 오래 생각해서 수를 깊이 읽는 것이 매력인 경기다. 요즈음엔 한 수를 1분 안에 두어야 하는 속기가 대세다. 시간적 제약이 없는 야구에서도 경기가 빨리 진행되도록 규정을 바꾸고 있다.

이런 추세를 반영해서, 요즈음엔 책들을 요약한 책들이 눈에 자주 뜨인다. 어떤 주제에 관해서 고전들이나 잘 씌어진 책들을 몇십 권 고른 다음, 그 책들에 관해 서평과 요약을 겸한 소개를 하는 것이다. 그런 책을 한 권 읽으면, 한 분야에 관해서 기본적 지식을 얻고 마음이 끌리는 책들을 골라서 정독할 수 있다. 얼마 전에 자유경제원이 기획하고 '백년동안'이 펴내서 좋은 반응을 얻은 『나를 깨우는 33한 책』이 바로 그런 책이다. 자유주의 지식인들이 추천한 고전들과 좋은 저작들을 평하고 요약해서, 자유주의에 대해 알아보려는 독자들에게 친절하고 믿음직한 길잡이 역할을 한다.

『내 마음속 자유주의 한 구절』은 이런 특질이 더욱 강화된 책이다. 자유주의 지식인 36인이 유난히 깊은 감명을 받은 구절을 하나씩 소개하는 형식을 따랐다. 그래서 자유주의의 특질들이 기억하기 좋은 잠언들의 형태로 드러난다. 그런 잠언의 뜻과 필자가 그것을 만나게 된 과정을 밝히는 짧은 설명이 따라서, 이해를 깊게 하고 원전에 대한 길잡이 역할도 한다.

경제적 자유주의를 따르는 필자들의 글이라, 내용이 동질적이고 자유주의의 고전들에서 나온 구절들이 많다. 자연히, 경제적 자유주의에 대한 지식이 없어도, 그 이념의 다양한 측면들을 한자리에서 살필 수 있다.

책 속에서 황수연 교수는 시민의 덕목에 관한 미제스의 얘기를 소개했다. "민주적 공동체의 시민의 첫 번째 의무는 스스로를 교육하고 시민적 업무를 처리하는 데 필요한 지식을 얻는 것이다. 선거권은 특권이 아니라 의무이자 도덕적 책임이다." 여기 실린 잠언들은 시간을 내기가 정말로 어려운 우리 시민이 "스스로를 교육하는" 데 분명히 도움이 될 것이다.

어느 날 이 말이 내게로 왔다.
갑자기, 너무나 멋지게

- 남정욱(숭실대 교수, 문예창작학)

경구(警句)와 잠언(箴言)은 다르다. 잠언은 사람이 살아가는 데 '훈계'가 되는 짧은 말이다. 반면 경구는 어떤 사상이나 진리 따위를 예리하고 간결하게 표현한 어구를 뜻한다. 80년대 중반까지 칠판 위에 붙어 있던 '근면·성실'이나 이게 진화한 '공부가 안 될 때는 거울을 보자'는 잠언이다. 어떻게 서술하든 결국 협박이고 심리적 강요다.

반면 경구는 그 어떤 강제도 하지 않는다. 오로지 배우려는 사람의 지적인 '촉'에 불을 지필 뿐이다. 그래서 경구에는 '꽃힌다'는 표현이 가능하다 (당연히 잠언에 꽃히는 사람은 없다). 꽃힌다는 건 매혹된다는 의미다. 매혹은 사람을, 그것을 접하기 이전과 그 이후로 나눈다. 이게 경구에 꽂히는 이유이자 매력이다.

자유주의는 멋진 말이다. 그러나 그걸 누군가에게 설명하는 일은 쉽지 않다. 길어지고 지루하게 늘어진다. 해서 그 멋진 말을 하나의 문장으로 요약해서 고갱이를 설명할 수 있다면 당연히 최고겠다.

이 책은 그렇게 36명의 자유주의자들이 자신이 꽂힌 한 문장을 모은 책이다. 일단 36명이라는 숫자가 마음에 든다. 36은 계(計)와 붙으면서 묘략(妙略)의 뉘앙스를 만든다. 이 책의 전편인 『나를 깨우는 33한 책』이 참호의 느낌이라면 이 책은 그 참호에 실전 배치된 중화기의 성격이다.

책은 크게 넷으로 나눈다. 제1장 자유주의, 가장 인간적이기에 주는 깊은 울림, 제2장 계획하고 설계해서는 안 되는 이유, 제3장 어떤 정치가 세상을 이롭게 하나, 마지막으로 제4장, 결국 시장의 힘을 믿어야 하는 이유다. 시장 경제, 제한된 정부 그리고 법치라는 자유주의의 골간을 넷으로 풀었다. 자세히 살펴보자. 경구 뒤의 괄호 안은 당연히 경구의 저작권자다.

책의 마지막 주자인 곽은경 실장이 뽑은 것은 "시장을 이기는 정부는 없다(조동근)"다. 로베스피에르의 우윳값 해프닝을 사례로 들었는데 정부는 시장을 이겨보겠다고 괜한 헛짓을 하지 말아야 한다는 경고가 자연스럽게 떠오른다.

이 경구를 받는 것이 안재욱 교수와 배진영 기자다. 두 사람다 노자 『도덕경』 제57장을 꼽았다. 먼저 배진영 기자. "세상에 금기가 많아질수록 백성은 더욱 가난해진다"를 읽고 무릎을 친 후 바로 금기에 나라의 법령이라는 뜻도 있다는 사실을 떠올리고는 금기를 규제로 바꾸어 풀어낸다.

안재욱 교수 역시 같은 맥락에서 제57장을 주목하면서 여기에 장자의 "학의 다리가 길다고 자르지 마라"를 덧붙인다. 정부가 틀을 만들고 그걸로 개인과 시장을 통제하는 순간 평준화의 고통이 시작된다는 설명이다.

그렇다면 이들이 옹호하는 시장이란 무엇인가. 박종운 위원은 시장 경제를 소비자에 대한 봉사를 위주를 하는 봉사주의 경제라고 해석하면서 "시장은 소비자 민주주의다. 혁명적 조합주의자들은 소비자 민주주의를 생산자 민주주의로 바꾸고 싶어한다. 생산의 유일한 목적이 소비이기 때문에 이 사상은 오류다(미제스)"를 소개한다.

역시 미제스를 선택한 이원우 기자는 "시장은 어떤 장소가 아니라 하나의 프로세스(미제스)"라는 경구를 소개 이유에 끼워 넣는다. 거칠게 말하자면 시장은 생산자와 소비자가 각자의 이익을 위해 만나는 어떤 접점이다.

김인영 교수는 이 이익을 추구하는 것이 부도덕한 것이 아님을 스티브 포브스의 경구로 설명한다. "이익은 결코 부도덕하지 않다. 이익은 건전한 경제의 버팀목이다. 따라서 그 이익을 얻지 못하도록 금지하는 것이 오히려 부도덕하다"가 문제의 경구인데, 셰일 가스와 타이트 오일의 발굴에 매달린 조지 미첼의 이익 추구가 가난한 사람들의 생활을 '덜' 빈곤하게 만들었다는 사실을 사례로 제시한다. "스티브 잡스의 노력이 이익이 아니라 숭고한 인류애 때문이었는가" 되묻기도 하는데 이것은 그 자체로 경구다.

그렇다고 다들 몰개성으로 시장에만 집중하는 것은 아니다. 김정호 대표는 "소득재분배를 해야 한다면 그에 필요한 재원은 이것이 통과되도록 표를 준 집단이 부담해야 한다(리처드 엡스타인)"는 말로 정치 포퓰리즘을 꼬집고, 현진권 원장은 레이건 대통령이 정책에 대해 국민들을 설득하는 데 능숙했다면서 쉽고 단순한 프로파간다의 필요성에 주목한다.

조전혁 교수는 프리덤과 리버티의 차이를 탐구하는 재미를 주고 김이석 박사는 미제스의 『인간행동』 중 전지(全知)와 전능(全能)이 같이 갈 수 없다는 통찰에서 지적 충격을 받은 사실을 털어놓는다.

신중섭 교수는 "도움을 청하지 않을 때 도움을 주지 말고 손을 내밀 때는 그 손을 외면하지 말아야 한다"는 해석으로 밀의 『자유론』 한 구절을 건네준다.

정규재 주필이 꼽은 것은 문명 예찬서인 『도시의 승리』 중 몇 문장이다. "우리는 환경 운동가들의 이해력이 낮다는 것을 알고 있다. 도시는 촌락보다 훨씬 친환경적이다. 자연을 사랑한다면서 자연에 사는 사람들이 도시민보다 훨씬 에너지를 많이 소비한다. 아이디어들은 혼잡한 도시에서 사람들 사이로 확산되어간다. 이런 지식의 전파가 인간의 창조성을 만들어낸다." 도시에 대한 추문에 사로잡혀 문명의 시계를 되돌리려는 사이비 환경주의자들에게 먹이는 통쾌한 한 방에 덩달아 신이 난다.

나열하여 다 설명하면 이 서문은 스포일러가 된다. 독자에게는 최악의 서문이다. 하나하나 읽어나갈 독자의 즐거움을 위하여 욕심을 참는다. 이런 걸 향연이라고 부른다. 세상에는 배고픈 소크라테스와 배부른 돼지만 존재하는 게 아니다. 가장 윗길은 배부른 소크라테스고 제일 밑바닥이 배고픈 돼지다. 꽂힌 것에 또 꽂히는 것은 부끄러운 일이 아니다. 그 매혹을 통해 누군가 자유주의에 관심을 가지게 된다면 이 서른여섯 분의 기쁨은 이 경구를 발견했을 때 못지않을 것이다.

제4부 | 결국 시장의 힘을 믿어야 하는 이유

제1부

자유주의,
가장 인간적이기에 주는
깊은 울림

"자유주의는 가장 높은 형태의 너그러움이다.
그것은 다수가 소수에게 양보하는 권리고,
그래서 이 행성에 울려 퍼진 가장 고귀한 외침이다."

─ 호세 오르테가 이 가세트, 『대중의 반역』

너그러움, 자유주의의 본질

"자유주의는 가장 높은 형태의 너그러움이다.
그것은 다수가 소수에게 양보하는 권리고,
그래서 이 행성에 울려 퍼진 가장 고귀한 외침이다."
– 호세 오르테가 이 가세트, 『대중의 반역』

오르테가 이 가세트의 『대중의 반역』을 읽은 것은 1980년
이었다. 우리 사회에 자유주의가 자리 잡을 가능성은 보이지
않고 역사에 대한 믿음마저 흔들리던 그 시절, 꼭 반세기 전
유럽에 전체주의의 그늘이 짙어지기 시작할 무렵 명철한 자유
주의자가 쓴 이 책은 우리 사회의 전망에 관해 많은 것을 내게
가르쳐주었다. 오르테가(1883~1955)는 스페인의 철학자이자
정치가로 그의 저작들은 큰 영향을 미쳤다.

현대는 대중의 시대다. 신분의 제약이 사라지고 모든 사람
들이 사회의 운영에 참여하게 된 것은 자연스럽고 바람직하
다. 그러나 민주주의 사회에서 대중이 드러낸 모습은 그리 아

름답지 않다. 무엇보다도, 일시적 다수가 갖가지 소수들을 비난하고 억압한다. 자연히, 대중의 편견과 이기심을 부추겨서 자신의 목적을 이루려는 정치가들이 권력을 쥐는 경향이 깊어지고, 차츰 모든 사회들에서 민중주의가 대세를 이룬다.

대중이 먼저 출현한 유럽의 경험은 부정적이다. 대중의 열광적 지지를 받은 전체주의가 세상을 휩쓸어서, 끔찍한 참화를 불렀다. 20세기 초엽에 전체주의가 갑자기 번창한 까닭은 대중의 출현에 대해 기존 지배 계층이 대응하지 못해서 대중의 선동과 동원에 능한 전체주의자들에게 기회를 주었다는 사실에서 찾을 수 있다.

이제 공산주의, 파시즘, 그리고 나치즘으로 불리던 전체주의 체제는 거의 다 사라졌다. 그러나 그런 체제를 가능하게 했던 대중의 득세는 오히려 강화된다. 대중은 20세기에 갑자기 나타난 존재로 자신의 정체성에 대해 마음을 쓰지 않는다. 오히려 다른 사람들과 같다는 것에서 안정과 만족을 얻는다. 대중은 자신들이 평범하다는 것을 알 뿐 아니라 그런 평범을 자랑스럽게 여겨 사회 전체에 강요한다.

그리고 민주주의는 대중에게 그렇게 강요할 힘을 준다. 이제 대중의 취향과 뜻을 거스르는 의견은, 아무리 합리적이고 정의롭더라도, 나오기 어렵고 박해받는다. 그렇게 대중이 득세한 사회에선 너그러움이 줄어들고 갖가지 소수들은 박해를 받는다.

반어적으로, 이런 대중의 득세는 모든 사람들의 자유를 위협한다. 개인은 궁극적 소수다. 그래서 대중의 뜻이 여론이라는 이름으로 도덕이나 법 위에 자리 잡으면, 누구의 자유도 확고하게 보장될 수 없다. 조지 오웰이 경고한 대로, 여론에 의한 지배보다 더 압제적인 정치는 없다. 그것은 어떤 압제적인 법이나 폭군의 지배보다 압제적이다. 대중의 뜻이나 취향을 거스르는 말 한 마디로 한 사람의 삶이 문득 부서질 수 있다는 사실을 우리는 날마다 만난다.

모두 사랑이 중요하다고 외친다. 그러나 정말로 필요한 것은 너그러움이다. 이 세상엔 우리가 도저히 사랑할 수 없는 사람들이 너무 많다. 길바닥에 가래를 뱉는 사람들로부터 신호를 어기고 차를 모는 사람들을·거쳐 부패한 관리들에 이르기까지, 도저히 사랑할 수 없는 사람들이 너무 많다. 그렇게 사랑할 수 없는 사람들을 억지로 사랑하려 애쓰면, 우리는 '추상적인 사람'을—인류를, 민족을, 국민을, 민중을—구체적인 사람들 대신 사랑하게 된다.

그리고 그런 추상적 사람의 이름으로 개인들을 억압하고 박해하게 된다. 소설가 로렌스의 얘기대로, "다른 사람을 사랑하도록 스스로에게 강요하는 사람은 스스로의 몸속에 살인자를 낳는다." 사회를 이루고 살아가는 데서 중요한 것은 자신들이 싫어하거나 미워하거나 경멸하거나 이해할 수 없는 사람들의 권리를 인정하고 그들의 판단을 존중하는 시민들의 너그러움과 그런 너그러움에서 나오는 참을성이다.

그러나 대중은 결코 너그럽지 않다. 그래서 자유주의는 고귀하지만 여리다. 오르테가는 이 점을 강조했다.

"자유주의는 적과 공존하겠다는 결심을 선언한다. 그것도 약한 적과. 인류가 그렇게 고귀하고, 그렇게 역설적이고, 그렇게 세련되고, 그렇게 곡예적이고, 그렇게 반자연적인 태도에 이르렀다는 것은 믿기 어려울 정도다. 그래서 바로 그 인류가 이내 그것을 없애려고 안달한다는 것이 이상하지 않다. 그것은 지구에 뿌리를 굳게 내리기엔 너무 어렵고 복잡한 절제다."

오르테가의 얘기는 모든 자유주의자들이 새길 만하다. 자유주의는 대중이 득세한 세상에선 뿌리를 깊이 내릴 수 없다. 그 사실을 잊으면, 세상이 자기를 몰라준다는 서운함과 세상을

보다 자유롭게 하려는 노력에 대한 회의가 겹쳐서, 자유주의
를 포기하게 된다.

- 복거일 (소설가)

가족, 소유, 자유시장 경제

"지난 2천 년 동안 종교 설립자들 가운데 많은 사람들은 소유와 가족을 반대했다. 그러나 오직 살아남은 종교는 소유와 가족을 지지한 종교뿐이다. 따라서 소유와 가족을 반대하는(그리고 또한 종교를 반대하는) 공산주의의 전망은 밝지 않다. 공산주의는 한때 번성했다가 지금은 빠르게 쇠퇴하고 있는 그 자체가 종교이기 때문이다."

– 프리드리히 아우구스트 폰 하이에크, 『치명적 자만』

많은 종교 가운데 기독교가 세계종교로 발전하게 된 이유는 무엇일까. 나는 이 주제를 두고 10년 동안 책을 쓰고자 준비하다가 2009년 12월 『성경과 함께 떠나는 시장 경제 여행』을 펴냈다. 나는 이 책에 다음과 같은 핵심 메시지를 담았다. "기독교가 세계종교로 발전하게 된 이유는 출발부터 인류를 잘살게 해준 자유시장 경제 원리를 지지했기 때문이다."

자유시장 경제 원리는 사적 소유, 자발적 교환, 기업 설립의 자유, 선택의 자유, 경쟁, 작은 정부 등으로 대표된다. 그런데 하이에크는 자유시장 경제 원리와 관련하여 가족의 중요성을 "오직 살아남은 종교는 소유와 가족을 지지한 종교"라는 말로 강조하고 있다.

하이에크는 89세 때인 1988년에 『치명적 자만—사회주의의 오류(The Fatal Conceit: The Errors of Socialism)』를 저술했다. 이 책은 하이에크 사상의 정수를 담고 있는 대표작이다. 이는 '사회주의는 오류였는가?'라는 주제로 1978년 파리에서 열린 학회에서 그가 발표한 사회주의에 대한 반론을 중심으로 구성된 책이다. 그의 주장은 본래 '소유와 가족, 그리고 종교를 반대하는 공산주의는 망하게 된다'는 점을 밝히려는 데 있다.

하이에크는 자유시장 경제 원리로서 '가족'은 별로 강조하지 않는다. 그런데 그의 주장을 곰곰이 살펴보면, 가족이란 혈연으로 맺어진 집단이며, 자유시장 경제의 대표적 장점인 '개인의 자유'가 무조건 보장되는 집단이라는 생각을 하게 된다. 그래서 나는 무릎을 치며 『성경과 함께 떠나는 시장 경제 여행』에서 가족을 중요하게 다뤘다.

『성경』은 '소유'부터 이야기한다. 십계명은 하나님이 인간에게 내려준 법이다. 이 가운데 첫 번째부터 다섯 번째 계명은 하나님과 인간의 관계를, 여섯 번째부터 열 번째 계명은 인간과 인간의 관계를 보여준다. 여기서 여덟 번째 계명인 '도둑질 하지 말라'는 남의 소유권을 인정하라는 하나님의 명령이다. 열 번째 계명인 '네 이웃의 집을 탐내지 말라' 또한 남의 소유 권을 인정하라는 하나님의 명령이다. 이는 곧 남의 소유권을 인정하면 나의 소유권도 인정된다는 뜻이다.

『성경』에서 가족은 어떻게 묘사되고 있을까. 십계명의 다 섯 번째는 '네 부모를 공경하라'다. 예수도 이를 강조할 만큼 기독교는 가족을 중요시한다. 「마태복음」 1장 1~17절에는 예 수의 계보가 상세히 소개되어 있다. 여기서는 아브라함부터 예수까지 42명에 이르는 예수의 조상들의 이름이 빠짐없이 나 온다.

"아브라함은 이삭을 낳고, 이삭은 야곱을 낳고, ……다윗은 우리야의 아내에게서 솔로몬을 낳고, ……야곱은 마리아의 남편 요셉을 낳았다. 마리아에게서 그리스도라고 하는 예수가 태어나셨다."(마. 1:1-17)

아브라함 시대부터 예수가 활동하기까지 사이에는 약 2천 년의 시간이 놓여 있다. 『성경』은 그 긴 시간을 살았던 42명 의 조상들의 이름을 하나하나 밝혀가면서 예수의 계보를 완성 한다. 이는 기독교가 출발부터 가족의 중요성을 강조한 종교임을 말해준다.

　이런 까닭에 기독교는 대부분의 다른 종교와는 달리 세계종교로 발전할 수 있었다. 그리고 나는 하이에크의 주장에 힘입어 『성경』 속의 가족 이야기를 쓸 수 있었다.

－박동운 | 단국대 명예교수, 경제학

타인의 간섭과 자유의 조건

"당사자에게만 영향을 미치는 행위에 대해서는
개인이 당연히 절대적인 자유를 누려야 한다.
자기 자신, 즉 자신의 몸이나 정신에 대해서는 각자가 주권자다."
— 존 스튜어트 밀, 『자유론』

어찌하다보니 가르치기를 업으로 삼는 교직에 평생을 바치
게 되었다. "아는 사람은 가르치고 믿는 사람은 행한다"는 말
이 있긴 하지만, 아는 것 없이 평생 아는 척하고 가르치면서
밥벌이를 해온 건 아닌지 반성이 된다. 술주정뱅이가 술만 먹
으면 주정을 하듯 가르치는 것이 몸에 배면 언제 어디서나 남
을 가르치려고 하는 대책 없는 '직업병'이 발동한다. 그때마다
나는 이를 다스리기 위해 존 스튜어트 밀의 『자유론』에 나오
는 위의 구절을 주문처럼 외운다.

물론 밀은 자신의 주권자인 자유인은 '정신적으로 성숙한
사람(the maturity of their faculties)'이어야 한다는 조건을 달았다.

'당사자에게만 영향을 미친다'는 말이 다른 사람에게 피해를 주지 않음을 뜻한다면, 타인에게 피해를 입히지 않는 범위 안에서 개인의 행동은 무엇이든 허용되어야 한다. 내가 나의 몸과 정신의 주권자이고 주인이라면 타인 역시 그의 몸과 마음의 주권자이며 주인이다. 내가 나의 주인이기에 나의 인생은 주체적 선택에 따라 살아야 한다.

그러나 나의 판단이 항상 완전할 수는 없다. 그러므로 간혹 지식이나 경험이 많은 사람이 시키는 대로 살면 스스로 선택한 경우보다 더 나은 결과를 얻을 수도 있을 것이다.

이런 맥락에서 우리는 상대방을 위한다는 명분으로 남에게 자연스럽게 간섭을 하는 경우가 허다하다. 그가 좀 더 나은 사람이 될 것이라는 기대로, 좀 더 풍부한 지식을 갖게 하자는 희망으로 타인의 생각과 행동에 개입하고 통제하려고 한다. 때로는 부모라는 이름으로, 스승이라는 이름으로 상대방의 의사와 관계없이 무슨 일을 시키거나 저지하려든다.

나는 이 점을 항상 경계하려 한다. 내가 아무리 선한 목적을 지니고 있다 하더라도 상대방이 요청하지 않으면 조언을 하지 말아야지 하고 명심한다. 아무 때나 교수로서 '직업병'이 발동하지 않도록 주의해야 한다. 특히 수요와 공급의 불균형이 가장 심각한 곳이 '조언 시장'이라는 점을 고려하면 스스로를 단단히 단속해야 한다. 세상에 조언은 넘쳐나지만 듣는 사람은 많지 않다. 조언의 수요에 비해 공급이 넘치면 조언의 값은 떨어지게 마련이다.

물론 모든 조언이 싼값에 팔리는 것은 아니다. 전문가들의 조언은 '자문'이라는 다른 이름으로 비싼 값에 팔린다. 전직 대통령이나 노벨상 수상자의 조언은 조언시장에서 공급이 딸려 엄청난 돈을 받고 매매된다. 아마도 석가나 예수, 공자가 자신의 명성을 유지한 채 다시 이 세상에 온다면, 그들은 천문학적인 자문료를 받을 수 있을 것이다.

가르치는 일을 직업으로 삼은 사람은 자신의 조언을 상대방이 어떻게 받아들이는가에 대해서는 둔감하다. 그들은 자신의 조언이 상대방에게 아무런 영향력을 발휘하지 못한다는 사실을 깨닫지도, 인정하지도 않는 경향이 있다. 자식이나 학생들을 보면 안타까운 심정에 말을 건네지만 별 효과가 없다. 자식의 경우는 더욱 그렇다. 자식은 부모의 가르침을 잔소리로 받아들일 뿐이다. 부모에게는 조언이나 지혜이지만 자식은 이를 간섭으로 여긴다. 인식의 비대칭이 가장 심각한 상황이 바로 자식과 부모 사이의 대화다.

이렇게 인식의 비대칭이 발생하는 이유는 자식이나 학생들을 그들의 '신체와 정신의 주권자'로 인정하지 않기 때문이다. 아무리 부모고 스승이라도 그들의 '내정을 간섭할 권리'는 없다. 내정 간섭을 하지 않으려면 '도움을 청하지 않을 때 도움을 주지 말고, 손을 내밀 때는 그 손을 외면하지는 말아야 한다.'

그렇다면 밀이 자유의 전제 조건으로 삼은 '정신적으로 성숙한 인간'은 어느 정도로 성숙한 인간을 뜻하는 것이고, 어떤 과정을 거쳐 탄생할 수 있는 것일까? 그리고 과연 나는 나의 '주권자'가 될 자격이 있는 정신적으로 성숙한 인간인가?

- 신중섭 | 강원대 교수, 윤리교육

지옥과 선의, 무지의 상관관계

"지옥으로 가는 길은 선의로 포장되어 있다."
(The road to hell is paved with good intentions.)
– 영국 속담

마음이 무딘 것인지 머리가 둔한 것인지 감동 같은 게 없는 편이다. 기막힌 통찰을 만나도 반응이 그저 그렇다. 통찰도 뱉은 사람과 귀에 담은 사람의 내공이 얼추 비슷해야 화학적인 반응이 거세지는 법이다. 이 경구는 좀 다르다. 처음 들었을 때는 시시했다. 그러나 시간이 지나면서, 세사(世事)가 쌓이면서 조금씩 더 울림이 커지니 참으로 신기하다.

사실 이 경구, 딱히 자유주의자들만이 반할, 자유주의자들만을 위한 것은 아니다. 무엇보다 보편적이다. 하긴 자유주의자만 감동시킨다면 그것도 어딘가 하자(瑕疵) 있는 경구이겠다. 개인적으로는 '지옥'과 '선의'라는 빙탄불상용(氷炭不相容)

의 두 단어가 마음에 든다. 지옥은 악의(惡意)와 같이 몰려다녀야 제격이다. 지옥이 선의를 동반하거나 선의가 지옥을 품고 있다면 세상에 그보다 무서운 것이 없다. 그래서 이 경구는 다소 문학적이다.

이 경구는 여럿으로 변용이 가능한 까닭에 또한 유용하다. 이 경구가 경제학의 영역과 만날 때의 변용이 "공짜 점심은 없다"다. 그 누구도 아무에게나 공짜로 밥을 사지 않는다. 공짜로 밥을 사겠다는 사람은 마음속이 검거나 붉은 사람이다. 공짜 밥을 먹은 뒤에 곤경에 처해 항변해봐야 소용없다. 그러니까 왜 생각을 안 하고 사세요, 따위의 냉소만 돌아온다.

설마 사람이 사람에게 그럴 줄 몰랐다고? 나쁜 놈들은 애초부터 지옥에 모여 사니까 타인을 지옥으로 끌고 들어가는 데 주저함이 없다. 자기들이 사는 곳이니 남들도 얼마든지 살 수 있을 것이라 생각한다. 차라리, 내가 노리는 것이 이것이니 밥 한 끼 먹고 동의해줄래? 솔직하게 거래를 제안하는 놈이 낫다. 덜 위험하고 덜 나쁜 놈이다.

불행히도 우리는 이 덜 나쁜 놈들보다 더 나쁜 놈들이 훨씬 많은, 아주 나쁜 세상에 살고 있다.

사악한 말은 귀에 달고 좋은 말은 귀에 쓰다. 앨런 블룸의 『미국 정신의 종말』에는 재미있는 이야기가 나온다. '1960년 대'라는 소제목의 글 중 일부인데 인용하면 이렇다.

"저명한 정치학 교수가 해야 할 일에 대한 연설문을 몇 개 급진파 학생들에게 읽어주었을 때 이것이 증명되었다. 그 연설문이 무솔리니의 연설문이었다는 사실을 그 교수가 학생들에게 일러주기 전까지는 학생들이 그 연설문에 열광했다."

인권과 평화를 외치던 60년대 미국 청춘들이 단순해서가 아니다. 그들이 가진 이상(理想)에 무솔리니의 달착지근한 가짜 연설이 착착 감겼기 때문이다. 선의로 포장된 지옥은 그렇게 만들어진다. 히틀러나 도조 히데키의 연설은 가슴속의 열정을 타오르게 한다. 애국심과 민족적 자긍심이 마구마구 살아난다. 그 연설의 어느 구절에도 비행기로 군함을 들이받으라거나 섬에서 옥쇄하라거나 다른 나라 국민을 죽창으로 꿰라거나 수용소에서 화공 약품의 실험용으로 쓰라는 내용은 없다.

말은 아름답지만 구체적인 실천은 잔혹하다. 말에 한 번 빠지면 그 이후의 행동에는 이성이 개입할 여지가 없다.

fascism(파시즘)과 fascinate(매혹)가 유사한 것은 우연이 아니다. 포장된 선의는 과학과 이성으로만 돌파하는 게 아니다. 박노해의 시 「통박」은 그래서 유쾌하다.

"어느 놈이 커피 한 잔 산다 할 때는
뭔가 바라는 게 있다는 걸 안다

고상하신 양반이 부드러운 미소로 내 등을 두드릴 땐
내게 무얼 원하는지 안다"

모든 이념은 그 이념을 주장하는 자들의 이익에 봉사한다. 지나치게 달고 절대적으로 이타적인 선의에는 예외 없이 노림수가 있다. 과학이든 이성이든 통박이든 뭐든 좋다. 의심하고 또 의심하라. 지옥에 가는 것은 흉계 때문이 아니라 어디까지나 나 때문이다. 정확히는 무지와 탐욕.

- 남정욱 | 숭실대 교수, 문예창작학

남에게 강제당하지 않을 자유

"자유주의란 인간 이성이 만든 가장 강력한 수단인
조직을 반대하는 주장이 아니라,
모든 배타적·특권적·독점적 조직을 반대하고,
다른 사람들이 보다 나은 것을 시도하지 못하도록 막는
강제를 반대하는 주장이다."
– 프리드리히 아우구스트 폰 하이에크, 『자유 헌정론』

나는 감수성이 예민한 중학교 시절부터 성인이 되어서까지
영화관에서나 거리에서나 국기에 대한 맹세를 수없이 많이 듣
고 성장했다. "나는 자랑스러운 태극기 앞에 조국과 민족의 무
궁한 영광을 위하여 몸과 마음을 바쳐 충성을 다할 것을 굳게 다
짐합니다."

때로는 가슴이 뭉클한 애국심을 느끼기도 하면서, 조국과
민족의 영광이 나 개인보다 중요한 것이고, 국가가 필요하다
고 하면 개인을 희생할 각오까지 해야 한다고 생각하면서 자

랐다. 그래서 자유주의자들은 국가나 공동체를 무시하고, 개인의 자유를 너무 강조한다고 생각하고, 반감까지 가지고 있었다.

그런데 하이에크의 『자유 헌정론』을 읽으면서, 자유주의라고 해서 국가나 기업과 같은 조직의 중요성을 무시하고, 개인들이 하고 싶은 대로 하는 것을 의미하는 것이 아니라는 것을 알게 되었다. 자유주의자 하이에크도 조직(hierarchy)은 협동을 이끌어냄으로써 사회적으로 매우 중요한 역할을 한다는 것을 인정했다. 뿐만 아니라 조직을 인간 이성이 만든 가장 강력한 수단이라고 높이 평가했다.

자유주의는 모든 조직에 대해서 반대하는 것이 아니고, 다만 조직 중에서도 "배타적 특권적 독점적 조직"을 반대하는 것이라고 했다. 다시 말해서 중세 길드와 같이 특정한 사람들끼리의 조직을 만들어서 남들은 그 안에 들어오지 못하게 만드는 배타적인 조직에 반대하는 입장이다. 또한 특권을 가진 사람들끼리 조직을 만들어서 남과 구별되려고 하는 신분과 같은 제도를 반대하고, 독점적 힘을 누리려고 하는 조직에 대해 반대하는 것이다.

자유주의 시장 경제에서 옹호하는 자유주의는 남에게 강제당하지 않을 자유를 말한다. 리델보스는 이를 '소극적 자유'라고 했다. 자유주의자들이 말하는 자유는 하고 싶은 대로, 마음대로 하고자 하는 '적극적 자유'가 아니라 남에게 강제당하지 않을 '소극적 자유'를 옹호하는 것이다.

내가 남들보다 더 좋은 물건을 더 싸게 생산할 수 있는 방법을 알고 있는데, 어떤 조직의 힘이나, 정부의 공권력으로 그러한 물건을 만들지 못하게 강제당하지 않을 자유를 옹호하는 입장이 자유주의다.

전근대사회에서는 신분이라는 이름으로 수많은 재능을 가진 사람들이 자신의 천부적인 재능을 충분히 발휘할 수 있는 직업을 가질 수 없었다. 조선시대에 노비 출신의 장영실은 세종이라는 불세출의 임금이 있었기 때문에 자신의 재능을 발휘할 수 있었지만, 얼마나 많은 재능 있는 인물들이 출신 성분에 얽매여서 자신의 창의성을 땅에 묻고 말았는지 모른다.

동양도 마찬가지이지만, 유럽에서 중세시대의 길드(guild) 구성원들은 길드의 각종 강제에 갇혀서 창의적인 활동을 할 수 없었다. 원료도 공동으로 구매해야 했고 기술혁신을 해도 길드 구성원들과 공동으로 나눠야 했다. 그래서 기술을 개발할 인센티브도 없었고 창의성이 발현될 수 없었다. "다른 사

람들이 보다 나은 것을 시도하지 못하도록 강제"하는 것이 길

드였으며, 이로 인해서 사회발전이 저해되었던 것이다.

　자유주의는 이러한 불합리함을 반대해왔으며, 따라서 자유

주의에 기초한 사회는 발전을 이룩할 수 있었다.

- 김승욱 | 중앙대 교수, 경제학

전지와 전능은 양립 가능한가

"전능과 전지는 양립 가능한가? 전지는 모든 미래에 일어날 일들이 이미
불변으로 결정되어 있음을 전제하고 있다. 만약 전지가 존재한다면, 전
능은 상상할 수 없다. 이미 사건들의 전개가 결정되어 있는 그런 세계에
서는 그 어떤 것도 변화시키는 것이 불가능하기 때문에 그 어떤 행위자
라 하더라도 그 능력이 유한하지 않을 수 없을 것이다."

– 루트비히 폰 미제스, 『인간행동』

미제스의 『인간행동』에 나오는 "전능(全能, omnipotence) 과
전지(全知, omniscience) 는 양립 가능한가?"라는 구절을 마주하
기 전까지, 나는 한 번도 전지전능이 모순된 말일 수 있다는
생각을 해보지 못했다. 그러던 중 이 문장을 읽고 깜짝 놀랐
다. 더구나 이것은 전지전능한 존재인 신을 믿는 사람에게는
불경스럽게 여겨질 수 있었기에 더욱 인상에 남았다. 이 말은
미제스가 얼마나 철저하게 논리적으로 개념들을 검토하는지
보여준다.

나는 신학교에 다니고 있던 처사촌에게 미제스의 이 문장을 소개한 적이 있다. 당시 그는 듣고만 있었다. 미제스의 영향 탓이었을까? 나중에 그는 신부의 길을 접었다. 결혼식장 같은 곳에서 스치듯이 그의 얼굴을 볼 때가 있었지만, 그에게 미제스의 말이 신학교 포기와 관련이 있는지 묻지는 못했다. 묘한 죄책감 때문이다.

나는 미제스의 제자인 하이에크가 표준적인 경제학에서 제대로 설명하지 않은 채, '균형을 향한 경향성'을 가정하는 데 대해 날카롭게 비판하는 글을 읽었을 때에도 지적으로 많은 자극을 받았다. 분명 천재는 남다른 데가 있다. 그는 '균형을 향한 경향성'이란 가정을 버리고 그 대신 경제 주체들의 양립하지 않는 예상(expectation)들이 시간이 지나면서 체계적으로 배제되어간다는 식으로 설명을 시도했다.

나는 '체계적'이란 용어에 주목했다. 하이에크가 '균형을 향한 경향성' 가정보다는 분명 진일보한 설명을 시도한 것은 맞다. 그러나 하이에크도 혹시 실제로 '설명'을 하는 대신 '체계적'이란 용어 뒤에 숨은 것은 아닌지 의심했다. 내가 감히 이 대석학을 의심할 수 있었던 까닭은 온전히 미제스의 위 문장을 접한 덕분이 아닐까 싶다.

아직도 이 구절을 보면, 처음 알게 되었을 때 느낀 지적 흥분이 되살아난다. 나는 시장 경제를 주제로, 특히 미제스에 대해 강의할 때면, 학생들에게 이 대목을 소개하곤 한다.

- 김이석 | 시장경제제도연구소 소장

프리덤인가 리버티인가

"자유란 개인이 선택에 따른 기회와 부담을 진다는 것뿐만 아니라
그 행동에 대한 결과까지 떠맡아야 함을 의미한다.
……자유와 책임은 뗄 수 없는 관계다."
– 프리드리히 아우구스트 폰 하이에크, 『자유 헌정론』

영어를 수십 년 가르쳐왔지만 널리 쓰이는 평범한 단어조차 그 정확한 뜻과 쓰임새를 알 수는 없을 때가 있다. 예를 들면 프리덤(freedom)과 리버티(liberty)의 차이가 그렇다. "자유를 뜻하는 영어 단어가 무엇인가"라고 묻는다면 대부분 '프리덤'을, 그다음에 리버티를 떠올리게 될 것이다.

『자유 헌성론(*The Constitution of Liberty*)』의 저자 하이에크는 자유를 말할 때 왜 프리덤이 아닌 리버티라는 용어를 사용했

을까? 인터넷에서 검색해보니 리버티는 '모든 속박과 굴레로부터 벗어난 상태'를 뜻하는 라틴어인 '리베르타스(libertas)'에서 유래했다고 한다. 이는 개인이나 집단이 어떤 구속도 없는 해방된(liberated) 상태의 '궁극의' 자유를 뜻한다.

한편 프리덤은 고대 게르만 또는 노르딕어인 '프라이(frei)'에서 유래했다. 프라이는 '어떤 부족에 속해서 그 부족이 제공하는 보호를 받을 권리를 가진 사람'이라는 뜻이다. 이처럼 어원으로 유추해보면 리버티는 '구속과 속박이 없는 궁극의 자유'를 뜻하는 개념이고, 프리덤은 '사회가 제공하는 총체적인 이익과 보호 아래서 누리는 자유'를 의미하는 것 같다.

문명사회의 시민인 우리는 완벽하게 궁극의 자유를 누리고 살 수는 없다. 타인과 사회집단을 이루며 살아가기에 정도에 차이는 있지만, 개인적 자유를 희생할 수밖에 없다. 그렇지 않다면 홉스가 『리바이어던』에서 경고한 "만인의 만인에 대한 투쟁" 상태에 빠지게 될 것이다. '자유를 얻기 위한 자유의 포기' 하이에크는 이런 이야기를 강조하려 한 것 같다.

그렇다면 우리는 누구를 위해 책임을 지며 사는 것일까. 자유를 보장하는 공동체를 위한 책임일까. 여기서 다시 한 번 하이에크가 굳이 프리덤이 아닌 리버티를 사용한 이유를 생각해

볼 필요가 있다.

하이에크는 집단주의(collectivism)에 맞서 싸우면서 개인과 시장의 '자유'를 옹호하는 데 평생을 바친 인물이었다. 그가 추구한 자유는 사회나 조직 또는 국가가 제공하는 프리덤의 차원이 아니었을 것이다.

많은 이들이 '미국의 상징'이라고 하면 자유의 여신상(statue of liberty)을 떠올릴 것이다. 이 동상의 공식명칭 역시 프리덤이 아니라 리버티가 쓰이고 있다. 미국의 동전에는 두 가지 문구가 씌어 있다.

"우리는 신을 믿는다(In God We Trust)"와 "자유(Liberty)"다.

여기에도 역시 프리덤이 아니라 리버티란 단어를 사용하고 있다. 화폐는 국가의 대표적인 상징물이다. 그래서 화폐에는 그 국가의 역사를 만든 대표적인 인물이나 표현이 새겨진다. 그런 의미에서 리버티는 미국을 대표하는 '상징적인 단어'다.

불교 용어에 '니르바나(nirvana)'란 개념이 있다. 이는 열반(涅槃)이나 해탈(解脫)의 경지를 이르는 말로 평범한 사람들은 엄두조차 낼 수 없는 완전체의 상태다. 니르바나는 현실에서 실현 불가능한 일이다. 그렇지만 니르바나라는 이상을 포기할 수는 없다. 현실에서 이루어질 수 없다 해도 일생의 목표로서 니르바나는 충분히 가치가 있기 때문이다.

리버티란 바로 그런 '완전체로서의 자유'를 의미하는 것이 아닐까. 한 개인이 법적 제도적 종교적 관념적 억압과 속박에서 자유를 구가하는 일이 현실에서는 불가능하더라도 개인이나 사회의 목표로서는 끝없이 지향해나가야 한다. 이는 더 나은 개인, 더 나은 사회로 가는 '진보'를 위한 동력이 되기 때문이다.

역사를 돌아보면 고상한 이상(理想)이 유례없는 참사로 끝나는 경우가 많았다. 마르크스 역시 '해방된 개인'을 목표로 했던 이상주의자였다. 그러나 정작 그는 공산주의 실험이 재앙을 불러일으키리라 짐작조차 하지 못했으리라. 이는 일종의 '원치 않은 결과의 법칙'이었다. 그러나 하이에크를 비롯한 자유주의 철학자들은 세상을 설계할 수 있다는 오만에 대해 '치명적인 자만'을 걷어내라며 날카롭게 경고했다.

이상이나 목표로서 자유가 가진 진보성은 역사적 정치적 효용을 상실한 것처럼 보인다. "신도 악마도 디테일에 있다 (God is in the details. & Devil is in the details)"는 말이 있다. 하이에크가 프리덤 대신 리버티를 쓴 이유도 바로 디테일까지 고려했기 때문이 아닐까.

'내가 아니라 남으로부터 보장받는, 즉 사회가 제공하는 총체적인 이익과 보호 아래서 누리는 자유'가 아니라 '그 누림도, 제한도 나 개인의 자유의지로서 선택한 자유'라는 그 디테일에서는 완전히 차원이 다른 이야기다.

　"내 자유를 남에게 맡길 수 없다. 지키는 것도 포기하는 것도 내 양심에 따른다. 그 책임도 내가 진다." 이것은 리버티가 말하는 자유다. 여기에는 '자유의지'가 포함되어 있다.

　이상이나 목표로서의 자유는 중요하다. 그러나 그것에 이르기 위한 자유의지는 더 중요하다. 하이에크가 말하는 자유는 군주나 절대자가 부여하거나 법과 관습에 의해 주어지는 자유로서의 프리덤이 아니었다. 그가 지지한 것은 개인의 의지가 담긴 자유였고, 그런 까닭에 그는 리버티라는 용어를 힘주어 선택한 것으로 여겨진다.

- 조전혁 | 전 인천대 교수, 경제학

자연발생적 힘과 함께
자유주의자로 살아가는 법

"우리의 문제를 푸는 데 있어 가능한 한
최대한 사회의 자연발생적 힘을 이용하고,
가능한 한 최소한의 강제력에 의존해야 한다는
자유주의의 기본원리는 무한하게 변용되어 적용될 수 있다."
– 프리드리히 아우구스트 폰 하이에크, 『노예의 길』

흔히 자유주의를 경제나 정치체제와 관련된 하나의 철학 또
는 이념으로 여긴다. 인용한 구절 역시 하이에크 스스로 정치
서적이라 언급한 『노예의 길』에 씌어 있다. 이 문장은 단순하
게는 경제문제를 해결하는 데 대부분의 경우 '시장이 정부보
다 우월하다'는 뜻으로 해석되곤 한다. 하지만 이 선언이야말
로 자유주의가 경제를 넘어 우리의 삶과 관련된 거의 모든 분
야에 적용될 수 있음을 시사한다.

하이에크가 말한 자연발생적인 힘은 사회에서만 통용되는

것이 아니다. 그것은 복잡계 전반에 걸쳐 존재한다. 복잡계란 창발성과 비선형성을 대표적 특성으로 하는 체계(system)를 의미한다. 이 구질은 한의학을 전공한 내가 인체라는 또 다른 복잡계를 이해하는 데 큰 영감을 주었다.

자연발생적 힘을 활용한다는 것은 크게 두 가지를 의미한다. 첫째는 소극적 의미로서, 강제력이 자연발생적인 힘의 작용을 방해하는 경우 강제력의 충동을 최대한 억제한다는 뜻이다. 두 번째는 적극적 의미로서, 자연발생적 힘이 잘 발휘될 수 있도록 그 조건들을 확립한다는 것이다.

사회처럼 인체도 살아가면서 겪는 무수한 문제를 해결하기 위해 자연발생적 힘(방어기전)을 다양하게 진화시켰다. 소극적 의미에서 입덧은 좋은 예가 된다.

과거에는 입덧이 산모에게 고통을 주면서 영양 섭취를 방해하는 골칫거리로 여겨졌다. 지금은 금지약이 된 탈리도마이드와 같은 입덧 억제제가 사용된 적도 있다. 그 결과 기형아 출산율이 급격히 증가했고, 이후 입덧이 태아에게 유해한 독소의 섭취를 방지하기 위한 방어기전이라는 인식이 생겼다. 실제 입덧은 태아가 독소에 특히 취약한 임신 초기에 나타난다. 관련 연구에서도 입덧을 한 산모가 하지 않은 산모에 비해 유산을 하거나 기형아를 출산하는 확률이 더 낮은 것으로 나타났다.

　적극적 의미에서는 발열을 예로 들 수도 있다. 발열은 감염에 대항하기 위한 인체의 고유한 방어기전, 즉 자연발생적 힘이다. 발열은 탈수나 조직손상 같은 여러 비용을 수반하는 데 감기에 걸렸을 때 발열이 잘 일어나도록 하는 간단하고 고전적인 처치가 있다. 이불을 덮고 머리에 차가운 물수건을 올리는 방법이다. 이를 통해 인체가 체온을 올리는 것을 수월하게 하고 동시에 열에 취약한 뇌세포의 손상을 최소화한다.

　칼 포퍼는 "삶은 문제해결의 연속"이라고 말했다. 사회뿐만 아니라 개인의 삶도 문제해결을 통해 진화하는 것이라면, 해결방식 그 자체가 한 사회의 구체적 모습뿐 아니라 한 개인의 정체성을 결정할 것이다. 앨프레드 허시의 말처럼 "아이디어는 오고 가지만 방법은 지속되기" 때문이다. 진정으로 진화하는 것은 수시로 변하는 문제가 아니라 문제를 해결하는 추상적 메커니즘이다. 이러한 과정이 바로 적응(adaptation)이다.

　결국 자유주의자란 문제를 해결하기 위해 자연발생적 힘을 최대한 일관되게 적용하는 사람이다. 우리가 얼마나 자유주의적인 삶을 살 수 있을 것인가는 자연발생적 힘을 실질적으로 얼마만큼 많이 발견하고 활용할 수 있느냐에 달려 있다. 자유주의를 접한 이들이 경제 영역을 넘어 삶의 모든 부분에 일관되게 적용할 수 있을 만큼 자연발생적 힘에 대한 이해가 깊어지기를.

- 송상우 | 보현한의원 원장

제2부

계획하고
설계해서는
안 되는 이유

너 그리움자유주의 이야기 복지 복지 일기 죽소유 자유시장경제 박동운 타인의가슴고
자유의 죽지 시중섭지오 과전이 무지 이사과 이채 금독국 금 이게 치료하지 않을지라
기숙우자 이 자느 이 이별 기 하기 이 이 스프로 이가 리버트이 이 조직현자 이 백사하
하고함까 으 죽으자 로 살아가 이벌 소시소해지 으지며 이 더 소보회 이화되지 지
국기를 우 태워 키한다 이채 움 여지스 장해자기 을기 이민 하느기 기구형시시오 아
만드다 최소 그 노지 그제 이 폐해를 말하디 이 배지영보 이 자 않 으것이 가치를 보리
조윤희 지회 느무제 해결 을 통하여서 자이다 이 김소미 스 스 을 강해지 느 전시 이 아
이 이민 애구시 으주 요 이 방치에 사예 으 이가 이 김영용 찌 찌고 다르스 앙 동복으 정시
루 석춘 자시 으 부 별고 해 동 으 기조 항 조 여국기 이 브 느 트 표 명에 서 이 오 자 않 느 그
조동그 과근시 부 초 으 경제 를 거 드 라 다 정 회자 체 주 으 와 대결 하느 곳 에 자 으
으 다 이 기 곡 농자회 고지 체기 폼 그 탈 패 권혁철 자 으 미 달리 치 누 으 개 이 이 만들겠느
가 해 범자 으 을 시 으 로 자 기 하 고자 자 이 어 느 자 회 그 으 것 으 으 없 지 전 희 경 미 제 스 으 으 쓰
철 하 이 인 으 도 시 이 대 부 지 를 경 계 한 정 지 지 듬 으 로 고 시 느 먼 저 자 기 도 들 대 리
가 저 호 모 든 사 람 으 세 금 으 내 겠 어 한 이 혀 자 규 지 으 미 술 소 으 이 으 트 어 자 느
화 소 주 기 이 이 이 을 바 도 더 하 키 느 기 김 이 영 기 이 가 느 스 창 겨 지 이 봉 지 들 이 다
박종우 정부 이 복 지 가 느 치 고 이 느 그 치 이 김 영 신 강 비 싼 이 제 치 수 입, 무 분 별 한
소비 행태 인 기 이 정 화 상 시 장 을 이 가 느 정 부 느 없 다 곽 은 경

"학의 다리가 길다고 자르지 마라."

– 장주, 『장자』, 「변무편」

핵심은 정명이다

"공자께서 말씀하시되 반드시 이름을 바로 해야 한다.
이름이 바르지 못하면 언어가 순리로 통하지 않고,
언어가 순리대로 통하지 못하면 그 어떤 일도 성사되지 않는다.
일이 성사되지 못하면 문화와 도덕이 일어나지 못하고
문화와 도덕이 일어나지 못하면 어떤 형벌도 맞지 않는다.
형벌이 맞지 않으면 백성은 어떻게 행동해야 할지를 알지 못한다.
이 모두 이름을 바르게 하지 않는 데서 오는 것이다."

子曰 必也正名乎. 名不正則言不順, 言不順則事不成.

事不成則禮樂不興刑罰不中, 民無所措手足.

– 『논어』, 「자로편」, 제3장

이른바 정명(正名) 사상이다. 정명은 글자 그대로 이름을 바로 쓰는 것이고, 정명 사상은 이름을 정확히 바로 쓰자는 그런 견해이며 생각이자 의식이다. 자기 이름을 바로 쓰지 않는 사람은 없다. 자기 이름을 바로 쓰듯이 남의 이름도 바로 써야 한다. 남의 이름을 바로 쓰듯이 나라 이름, 단체 이름, 사물의 이름도 본래 주어진 이름, 주어진 뜻 그대로 써야 한다. 그것은 이름이 만들어질 때의 약속이고, 또한 언어의 약속이다. 이름이든 언어든 이 약속을 지킬 때 서로 간에 말이 통하고 의미가 통하고 생각이 통한다.

우리가 갖고 있는 견해와 생각과 의식, 이것은 모두 언어의 약속이다. 우리가 아무리 창의적인 생각과 사상을 내놓더라도 그것은 이미 약속된 것을 내놓는 일이다. 그것이 너무 특별해서 지금 그 약속을 이해 못 한다 해도 허위가 아닌 한, 언젠가는 사람들이 알게 된다. 아인슈타인의 상대성 원리도 그 하나다. 아무리 어렵다 해도 사람들이 끝내 그 원리를 알아내어 이해한 것은 결국 그것이 약속이고, 이른바 정명이기 때문이다.

2,500년 전, 공자가 이 정명 사상을 펼치는 데는 재미있는 일화가 있다. 춘추시대 공자는 여러 나라를 두루 돌아다녔지만 그 어느 나라도 그를 받아들이지 않았다. 공자의 사상이나 주창하는 정책들이 현실과 너무 거리가 멀다는 이유였다. 그런데 위나라 임금 위령공(衛靈公)이 뜻밖에 공자를 맞이했다. 다른 군주들과 달리 공자의 생각을 중시한 것이다.

이때 공자의 제자 자로(子路)가 "위령공이 선생님께 정권을 넘겨주겠다고 한다면 선생님께서는 무엇을 먼저 하시겠습니까"라고 물었다. 모처럼의 기회인데 위정의 첫걸음은 무엇이냐를 물은 것이다. 어떤 정치, 어떤 정사(政事)든 예나 지금이나 그 첫걸음이 가장 중요하다. 이때 공자는 서슴없이 "만일 그렇다면 맨 처음 할 일은 이름을 바로 세우는 것이다"라고 말했다.

그러자 자로는 "이름을 바로 세우는 일이 그렇게 중요합니까. 사람들이 선생님을 세상 물정에 어두운 선비라고 하는데, 선생님은 정말로 현실에 어두우십니다. 이름을 바로 세우든 바로 세우지 않든 정치하는 데 무슨 상관이 있습니까. 그것은 현실 정치와는 너무 동떨어진 너무 추상적인 것입니다." 모처럼의 기회를 놓칠까 안달이 난 자로는 위령공의 눈이 번쩍 띄는 정책을 지금 당장 내놓으라는 투였다.

이것이 스승과 제자의 차이였다. '이름을 바로 세우겠다'고 말한 공자는 역시 스승이었고, '그것은 현실과 너무 동떨어진다'고 생각한 자로는 역시 제자였다. 스승 공자가 제자 자로에게 제일 먼저 말한 '필야정명호(必也正名乎)', 즉 반드시 이름을 바로 해야 한다는 말은 언어 소통의 기본이다. 아무리 눈이 번쩍 띄고 귀가 활짝 열리는 정책을 말한다 해도 이름이 바르지 않으면 언어가 순조롭게 통하지 못한다. 그야말로 명부정 즉언불순(名不正 則言不順)이다. 이해가 안 되고 알아듣질 못한다.

똑같은 사실, 똑같은 사안에도 이름을 바로 해놓고 말하지 않으면 서로 다른 의미를 가지고 다른 생각을 한다. 그래서 같은 글자의 이름을 써놓아도 그 이름의 실재(實在, reality)가 달라져서 각기 다른 주장을 할 수밖에 없다. 우리는 현실에서 이런 경우를 수도 없이 많이 본다.

그렇다면 이름을 바로 해놓고 말하는 것이 정치의 핵심이고, 동시에 정책의 핵심일 뿐만 아니라, 그 이전에 언어 소통의 시작이다. 자로는 이 기본을 모르고 당장 써먹을 수 있는 정책부터 내놓으라 한다. 그런데 내놓았다고 한들 기본이 아직 안 된 위령공이 즉각 알아듣고 시행할 수 있을까.

우리가 쓰는 말들은 모두 고유의 뜻을 지닌 용어들이다. 그 용어들은 제 이름에 맞는 내용과 이론을 가지고 있다. 우리는 서로 간에 대화가 잘 되지 않으면, '너와 나는 서로 개념이 다르다'고 말한다. 같은 용어를 썼는데도 이름을 바로 하지 않고 말하면 '서로 개념이 달라 소통이 안 된다'는 결론에 이르는 것이다. 이름을 바로 하지 않으면 그 이름 그 용어 속에 들어 있는 공통된 요소가 없어진다. 이 공통 요소의 상실 상태를 우리는 '서로 개념이 다르다'고 말하는 것이다.

흔히 우리는 대학 4년을 '용어(terminology) 익히는 4년'이라고 말한다. 용어의 바른 의미를 알아서 그 이름을 정확히 쓰는 훈련을 하는 것이 대학 공부의 기본이다. 자기 전문 분야를 얼마나 열심히 공부했느냐는 다름 아닌 자기 분야에서 이름을 얼마나 바로 알고 바로 쓰느냐는 것이다. 이른바 정명 사상의 공부다. 이 공부를 제대로 하지 않고 졸업한 뒤 사회에 나오면 그 어떤 일도 성사시킬 수가 없다. 제대로 이루어낼 수 있는 일이 없다. 왜냐하면 누구와도 소통이 잘 안 되기 때문이다. 공자가 말하는 그대로 '사불성'(事不成)이다.

바로 지난 세기, 아니 지금도 우리는 경험하고 있지 않은가. 386 또는 486이라고 하는 세대, 그 가운데 상당수가 대학에서 '이름을 바로 하는' 공부를 하지 못하고 사회에 나옴으로써 얼마나 사회가 시끄러웠는가. 그들이 한 일마다 제대로 된 일이 없지 않은가. 그러면 문화도 혼탁해질 수밖에 없다.

2,500년 전 공자의 '필야정명호', 이는 바로 지금 이 시대

우리가 갖추어야 할 기본 정신이고, 우리의 중심 언어이며, 우리가 반드시 세워야 하는 언어 소통의 핵심 과제다.

- 송 복 | 연세대 명예교수, 사회학

획일화된 규제가 국가를 위태롭게 한다

"학의 다리가 길다고 자르지 마라."
 - 장주, 『장자』, 「변무편」

"학의 다리가 길다고 자르지 마라." 이 구절은 나의 개인 홈페이지 제목으로 이는 장자의 「변무편」에 나오는 말의 일부를 인용한 것이다. "물오리의 다리가 짧다고 늘리면 괴로워하고, 학의 다리가 길다고 자른다면 슬퍼할 것이다." 장자는 이 구절을 통해 우리에게 획일적인 잣대를 들이대며 모든 일을 평준화하려고 하면 일을 그르치게 된다는 교훈을 주고 있다.

자유주의와 시장 경제를 연구하고 강의했던 초기에 많은 사람들이 나에게 '자유시장 경제는 서양의 경제원리라며 동양인 우리나라에는 맞지 않는다'는 이야기를 했다. 그 말을 듣고 나는 동양에는 자유주의와 시장 경제에 대한 기본 철학이 없을

까 고민하며 자유시장 경제의 뿌리를 찾아보기 위해 동양의
고전들을 읽었다. 공자와 맹자를 읽었지만 만족할 만한 내용
을 만나지 못했다. 그런데 노자의 『도덕경』을 읽다가 제57장
에서 다음 구절을 발견하고는 무릎을 쳤다.

"천하에 금령이 많을수록 백성들이 더욱 가난해지며, 날카
로운 무기가 많을수록 나라가 혼미해지고, 사람들 사이에 잔
꾀가 많을수록 괴상한 물건이 더욱 많아지며, 법이나 명령이
요란할수록 도둑이 많아집니다."

자유시장 경제의 요체는 정부 간섭의 최소화다. 애덤 스미스
에서 시작하여 현대 자유주의 경제학이 일관되게 주장하는 것
은 정부가 사유재산권과 경쟁을 보호하는 것 이상으로 경제에
개입하면 사람들의 삶이 어려워진다는 사실이다. 애덤 스미스
의 『국부론』이 나오기 2천 년 전에 이미 동양의 노자가 이 원
리를 설파한 것이다.

정부가 국민들의 생활에 많이 개입할수록 그 대리인인 정부
관료들의 부정부패가 심해진다. 가렴주구가 판을 치고 국민들
은 곤궁해지며 국가는 결국 위태로워진다. 조선 후기의 사회
가 그랬고, 사회주의로 나아갔던 국가들은 모두 같은 길을 걸
었다. 시장 경제를 채택했던 국가들도 마찬가지였다. 정부 간

섭이 심해지면 경제가 쇠퇴했고 간섭을 줄이면 경제가 다시 살아났다. 오늘날 한국경제가 장기 침체에 빠져 있는 그 근본적인 원인도 따지고 보면 과다한 정부 개입에 원인이 있다.

노자의 『도덕경』에서 자유시장 경제의 원리를 발견한 나는 더욱 고무되어 다른 동양 고전들을 읽어나갔다. 그러다가 『장자』에서 "학의 다리가 길다고 자르지 마라"는 대목을 발견했다. 그 순간, 학의 다리가 잘리는 고통이 떠오르며 우리 한국 사회에서 행해지는 수많은 평준화 조치로 인해 사람들이 겪는 고통이 동시에 밀려왔다. 우리 사회에 뿌리 깊게 박혀 있는 반자본주의 정서에 대한 경고의 메시지로 다가왔다.

우리 사회에는 평등의식이 유난히 강하다. 교육도 평등, 기업도 평등, 소득도 평등. 이러한 평등의식은 과다한 정부의 시장 개입을 불러왔다. 정부가 모든 교육을 통제하고, 대기업을 규제하고, 소득을 균등히 하려는 수많은 조치를 취했다. 결국 이러한 환경은 최근 기업의 역동성과 민간경제의 활력을 떨어뜨려 경제를 장기 침체에 빠뜨렸다.

학의 다리를 자르듯 정부가 주어진 틀을 만들어 개인과 시장을 통제하면 사람들의 개성이 무시되고 그들 자신의 능력을 마음껏 발휘하지 못한다. 정부가 경제 개입을 최소화하며 '학의 다리를 자르지 않고' 자연스럽게 놔둘 때 사람들은 자신이 원하는 바를 추구하며 자유롭게 역량을 드러낼 것이다. 자연히 고통은 줄고 행복이 증진되면서 사회가 번영하게 될 것이다.

자유는 시공을 초월한, 인간 삶에 필요한 가장 기본적인 권리이다. 자유를 추구하는 데는 동서양이 따로 없다. 오히려 자유의 가치는 서양보다 동양에서 훨씬 오래전부터 회자되었다. 다만 그 실현이 늦어지면서 동양은 서양에 비해 경제성장이 뒤처지게 되었다.

동양은 서양보다 훨씬 더 정신문화가 발달했음을 늘 기억해야 한다. 정부의 개입이 줄어들고 개인에게 더 많은 자유가 주어진다면 그 정신적인 토대 위에 훨씬 발전되고 풍요로운 물질문명을 이룩할 수 있고, 문화를 더욱 고양시킬 수 있을 것이다.

- 안재욱 | 경희대 교수, 경제학

역사는 정해진 길을 가야만 하는가

"역사결정론은 열린사회의 적이다."
– 칼 포퍼,『열린사회와 그 적들』

칼 포퍼(Karl Popper)는 오스트리아의 유대인 집안에서 태어나 빈 대학에서 공부하고 뉴질랜드와 영국으로 이주해 자유주의 철학의 대가가 된 인물이다. 사람들은 그를 과학철학에 지대한 기여를 한 철학자로도 평가하지만, 그는 사회철학과 정치철학 분야에서도 절대적 공헌을 했다.

포퍼는 1902년 7월 28일 오스트리아의 빈에서 태어나 10대에 공산주의자가 됐다가 공산주의의 허구성에 환멸을 느끼고 일찍 전향한 사상가였다. 나치의 발호를 피해 1937년 뉴질랜드로 이주해 그곳에서 가르치며 주저인 『역사주의의 빈곤』과『열린사회와 그 적들 1·2』을 저술했다. 포퍼는 1946년에 영국의 런던정치경제대학(LSE)으로 옮겨 강의와 학술활동을 이어나가면서 많은 제자를 키웠고 세계 지성계에 엄청난 영향을 미쳤다. 1969년에는 열렬한 자유주의자로서 전체주의의 해악에 맞서 투쟁한 공로로 기사작위를 받았으며, 1994년 런던에서 사망했다.

포퍼는 공산주의와 같은 전체주의의 해악을 간파하고 전체주의의 악마성의 이론적 근원을 '역사결정론(역사주의[歷史主義, historicism])'이라고 설명했다. 포퍼가 말하는 '역사주의'란 쉽게 말하자면 역사는 정해진 길을 가야만 한다는 역사결정론이었다. 역사 발전에는 법칙이 존재하고 그 법칙에 따라 역사의 경로는 정해져 있다는 사상이 역사주의의 근원에 있다고 보았다.

그의 명저 『역사주의의 빈곤』의 제목이 잘 말해주듯이 그는 이런 역사결정론은 전혀 타당한 논리도 아니며 또한 인간을 속박하는 폭력적 전체주의를 낳는 위험한 사고라는 사실을 역설했다. 그의 사상은 곧이어 저술된 『열린사회와 그 적들 1·2』에서 더욱 큰 빛을 발했다.

특히 헤겔과 마르크스를 비판한 제2권에서 역사결정론이 낳는 전체주의 이데올로기는 우로는 (나치즘을 포함한) 파시즘에서 좌로는 공산전체주의에 이르기까지 전부 다 악마적 요소를 가질 수밖에 없다는 것을 설득력 있게 논증했고, 그 대안으로 열린사회를 지향하면서 점진적 개혁을 추구하는 자유민주주의를 옹호했다.

역사결정론을 믿는 사람들은 역사에는 법칙이 있으며, 그것에 따라 역사는 정해진 길을 꼭 가야만 한다고 믿는다. 대개의 경우 그 종착역으로 나름의 '유토피아'를 제시한다. 만약 그런 발전 방향과 다른 길을 가거나 그것에 배치되는 행동을 한다면 역사의 '옳은 길'을 방해하는 반동적인 작태가 된다.

따라서 이런 반동적인 사상과 인간들을 '정의의 이름'으로 처단하는 것은 전혀 나쁜 일이 아니고 오히려 칭찬받아야 할 일이 되는 것이다. 역사상 얼마나 많은 사람들이 잘못된 정의의 이름으로 반동이라고 낙인찍혀 죽어나갔던가. 히틀러의 나치체제는 '게르만 민족의 세계 지배'라는 역사의 종착역 또는 '신성한 역사적 목적'을 위해 거침없이 유대인들을 대학살했고, 레닌과 스탈린도 노동자 계급의 해방이라는 역사의 마지막 단계를 이루기 위해 소비에트 공산주의의 이름으로 수천만 명을 학살했다.

이런 전통은 '인간개조'와 '지상에서의 천국건설'이라는 미명 아래 중국에서 일어난 마오쩌둥의 대약진운동(1958~1960)과 문화대혁명(1966~1976)의 경악할 만한 참상, 그리고 폴 포트가 이끄는 크메르 루주 정권이 자국 인구의 거의 4분의 1을 학살한 '킬링필드' 등에서 계속 이어졌다. 오늘날 북한에서 일어나는 참상도 이런 연장선상에서 해석될 수 있다.

프랑스의 대표적 지성 가운데 한 사람이었던 프랑수아 퓌레(1927~1997)는 공산주의와 파시즘을 모두 자코뱅주의에서 발전된 같은 뿌리를 가진 전체주의로 해석하고 두 사상을 함께 자유민주주의의 대척점으로 보았다.

이렇게 뿌리가 같은 파시즘과 공산전체주의의 지성적 근원에는 역사결정론이 있다는 것을 처음 논리적으로 설명한 철학자가 바로 포퍼였다. 한국사학계의 큰 결함은 바로 내재적 발전론이나 식민지 반봉건사회론과 같은 역사발전 단계설에 포박된 역사결정론적 시각으로 한국사, 특히 한국 근현대사를 바라보고 있다는 사실이다. 국사학계가 언제쯤 포퍼의 충고를 받아들여 역사결정론의 폐해에서 벗어날 것인가.

- 강규형 | 명지대 기록대학원 교수, 현대사

성실은 기회를 만든다

"사람이 할 수 있는 일을 다하고 비로소 하늘의 뜻을 기다린다."

盡人事待天命

- 진수, 『삼국지(三國志)』의 "수인사대천명(修人事待天命)"에서 유래한 말

중세 유럽 당시 어느 부잣집의 정원에서 일하는 소년이 있었다. 소년은 미술에 뛰어난 재능이 있었지만, 가난한 탓에 그림 공부를 할 수가 없었다. 소년은 대신 예술적 재능을 발휘하여 정원을 가꾸는 일에 매진했다. 나뭇가지를 예쁘게 다듬고, 화분에 조각을 새기며 정원 가꾸기에 혼신의 힘을 쏟았다. 하루는 주인이 물었다.

"정원 일을 그렇게 한다고 해서 월급을 더 많이 주는 것도 아닌데 어찌 그리 열심을 내느냐?" 소년은 웃으며 대답했다. "월급의 많고 적음은 저에게 전혀 중요하지 않습니다. 저는

이 정원을 정말 좋아하기 때문이지요. 그래서 정원을 가꾸는 일이 마냥 즐겁고 행복합니다."

소년의 대답을 듣고 주인은 크게 감격했다. 소년의 미술적 재능 자체보다 어떤 대가나 보상도 바라지 않고 자신이 좋아하는 일에 묵묵히 최선을 다하는 순수한 열정이 주인의 마음을 움직인 것이다. 주인은 당장 소년을 후원하기 시작했다.

주인의 적극적인 후원 덕에 소년은 꿈에도 그리던 미술공부를 할 수 있었고, 재능을 활짝 꽃피울 수 있게 되었다. 이 소년이 바로 이탈리아 르네상스의 대표적인 미술가, 천재 화가이자 불세출의 조각가 미켈란젤로다.

만약 미켈란젤로가 가난에 낙담하여 인생을 되는 대로 마구 허비했더라면 어떻게 되었을까? 정원을 돌보는 둥 마는 둥 했더라면 기회가 주어지지 않았으리라. 시스티나 성당의 천장을 수놓은 「천지창조」나 「피에타」는 없었을 것이고 그 감동이 후세까지 전해질 일 또한 없었을 것이다.

예로부터 '진인사대천명(盡人事待天命)'이라고 했다. 사람이 할 수 있는 일을 다하고 나서 비로소 하늘의 뜻을 기다린다는 뜻이다. 이 말은 어떤 일이든 우선 최선을 다하고 후회나 미련 없이 겸허한 마음으로 결과를 기다려야 한다는 가르침을 담고 있다. 자신의 일을 성실히 하지 않고 요행을 바라는 사람에게 최선을 다하라고 강조하는 말이다. 속담 '하늘은 스스로 돕는 자를 돕는다'와 비슷한 말이기도 하다.

물론 노력한다고 해서 그 노력만큼 대가나 보상을 얻지 못할 수도 있다. 그렇다고 아예 손 놓고 무위도식하며 가만히 있다면 어느 누구도 도와주지 않을 것이다.

결과야 어떻든 현재에 충실하며 스스로 노력하는 사람은 단 1퍼센트의 가능성이라도 성공의 발판으로 삼는다. 그렇기에 옛사람들은 어떤 경우든 일단 자신이 해야 할 일에 최선을 다한 다음, 그 결과를 차분하게 기다려야 한다고 말했던 것이다.

자기 삶의 주인은 자기 자신이다. 스스로 자기 삶을 책임지고 지켜야 한다. 누구도 타인이 베풀어주는 자선에 의존하고, 기생하는 삶을 살기를 원치 않는다. 그렇다면 마땅히 자신이 원하는 삶을 자기 주도적으로 살아야 한다.

한국의 역사에는 자신의 삶을 스스로 지켜낸 이들이 많다. 태양이 작열하는 중동 지역에 파견 나간 근로자, 힘든 일을 마다하지 않고 독일로 간 광부들이 그들이다. 이들은 더 나은 미래를 위해 타국으로 건너갔고, 고난과 역경을 딛고 수년간 일했다. 스스로 일어설 수 있는 기반을 만들기 위해서였다. 그들

은 자기 자신뿐만 아니라 가족과 국가를 일으켰다. 한국의 발
전은 고난을 이겨낸 이들이 쓴 진인사대천명의 역사였다.

- 최승노 | 자유경제원 부원장

노자, 규제의 폐해를 말하다

"세상에 금기가 많을수록 백성은 더욱 가난해진다."
天下多忌諱　而民彌貧

"다스림이 꼼꼼할수록 백성은 더욱 망가진다."
其政察察　其民缺缺

－노자, 『도덕경』

　오랫동안 노장 사상에는 별 관심을 갖지 않았다. 유가나 법가처럼 현실을 치열하게 고민하면서 세상을 구제하려는 사상이 아니라 현실도피적인 사상이라고 생각했기 때문이다. 그러다가 몇 년 전부터 고전에 관심을 갖게 되었고, 작년에야 드디어 『도덕경』을 읽었다.

　솔직히 말해서 아무리 읽어도 이해하기 쉽지 않은 대목들이 많았다. 그러던 중 제57장에 이르러 무릎을 쳤다. "세상에 금기가 많을수록 백성은 더욱 가난해진다(天下多忌諱　而民彌

貧)"는 구절 때문이었다. 이 책의 번역자 이석범 교수는 원문의 '기휘(忌諱)'를 '금기(禁忌)'라는 말로 옮겼지만, 나는 이를 '규제'나 '간섭'이라는 뜻으로 받아들였다. 국립국어원의 『표준국어대사전』에서는 '기휘'의 뜻을, 첫째 꺼리고 싫어함, 둘째 꺼리거나 두려워 피함, 셋째 나라의 금령(禁令)이라고 풀이하고 있다. 만약 세 번째 뜻으로 해석할 경우 규제나 간섭이라는 의미와 통한다. 나라의 규제와 간섭이 많을수록 백성은 더욱 가난해진다! 느낌이 왔다.

이 구절을 보니 최근 보도 기사가 생각났다. 개정 최저임금법에 따라 2015년부터 최저임금제를 아파트 경비원들에게도 100퍼센트 적용하도록 하자, 이에 부담을 느낀 아파트 단지 측에서 경비원들을 대량 해고하고 있다는 기사였다. 넉넉하지는 못해도 나이를 감안하면 그나마 괜찮은 월급을 보장해주던 경비원 자리에서 밀려난 노인들은 어디로 갈까? 보나마나 먹고살기 위해 어쩌면 그보다 열악한 일자리를 찾아야 할 것이다. 사회적 약자를 돕기 위한 국가의 간섭(법률)이 그들을 오히려 더 가난하게 만든 꼴이다.

규제와 간섭이 많으면 나라도 가난해진다. 자국의 산업을 보호한다는 명목 아래 갖은 규제를 100년 가까이 유지해온 남미 국가들은 아직도 가난에서 벗어나지 못하고 있다. 경제활동은 물론 인간의 사고까지 규제하면서 '새로운 인간형'을 만들겠다고 큰소리쳤던 옛 공산주의 국가들은 가난 속에서 버둥거리다가 결국 무너지고 말았다.

이 구절은 바로 그다음 이어지는 제58장 "다스림이 꼼꼼할수록 백성은 더욱 망가진다(其政察察 其民缺缺)"는 구절과 기막히게 상응한다. 번역자는 '찰찰(察察)'의 의미를 "'통치의 그물'을 촘촘히 하는 것을 의미한다"고 풀이한다. 이 역시 규제와 간섭으로 충분히 해석할 수 있겠다.

여기서 눈길이 가는 것은 뒤에 나오는 "기민결결(其民缺缺)"이라는 대목이다. '결(缺)'은 '이지러지다' '그릇이 깨지다' '무너지다'라는 의미다. 따라서 "其政察察 其民缺缺"은 "규제와 간섭이 과도하면 백성들의 삶은 무너진다(어려워진다)"고 풀이할 수도 있을 것이다. 하지만 이 구절을 접하는 순간 다음 해석이 떠올랐다. "정부가 국민들의 삶에 간섭하기 위해 갖가지 규제를 만들수록 국민들의 심성은 나빠진다."

생각해보자. 정부의 규제와 간섭이 촘촘해질수록(察察) 국민들은 그걸 피해가기 위해 이런저런 약은 꾀를 내게 되고, 이 과정에서 부정부패가 만연하게 된다. 그러면서 법과 제도에 대한 존중심은 약해지고, 국민들의 심성도 망가지게 된다(缺缺). 그로 인한 피해는 결국 국민에게 돌아온다. 관료들이 모든 걸 좌지우지하는 보호주의 체제, 정부의 권한이 막강한 권위주의 체제, 국가가 절대권력을 행사하는 공산주의 체제에서 부정부패가 극심하다는 것은 상식이다.

이러한 구절들을 『도덕경』에서 발견하게 되는 것은 우연이 아니다. 노자가 일관되게 주장하는 것이 '무위자연(無爲自然)'이기 때문이다. 그런 정신은 어떤 의미에서 애덤 스미스의 '보이지 않는 손'과도 통할 것이다. 『도덕경』이나 『장자』를 읽다 보면 '동양적 자유주의 사상의 보물섬'이라는 생각을 저절로 하게 된다. 동양의 고전을 읽으면서 생각지도 못했던 '자유정신'을 발견하는 건 참으로 상쾌한 경험이었다. 이 구절을 '내 마음에 꽂힌 자유주의 한 구절'로 소개하는 것도 바로 그 때문이다.

- 배진영 | 월간조선 차장

보이지 않는 것의 가치를 보라

"당장 눈에 띄는 효과에만 사로잡혀, 두고두고 나타나는 결과를 생각하지 않는 사람은 대개 고약한 습관에 탐닉하게 된다. 본능을 이기지 못해 그러는 사람도 있고, 또 의도적으로 그러는 사람도 있다. 이것은 인간의 고통스런 진화 과정과도 관련이 있다. 태어나서 강보에 싸여 있을 때 인간은 무지의 장막에 가려져 있다. 아기는 자기의 행동으로 생겨나는 즉각적인 효과, 즉 자신의 눈에 띄는 것만을 염두에 두고 행동한다. 시간이 흘러서 한참 자란 후에야 비로소 아이는 자기 행동의 보이지 않는 효과도 고려할 수 있게 된다."

– 클로드 프레데리크 바스티아, 『법』

마음은 보이지 않는다. 다만 겉으로 드러난 행동을 보고 상대의 생각과 내면을 가늠할 뿐이다. 늘 '마음'이 궁금하고 '속내'가 궁금했던 나는 보이는 것만으로 어떤 대상을 이해하고 상황을 판단해야 한다는 사실이 늘 마뜩찮았다. 연배가 있는 나이에 뒤늦게 심리학 공부를 하게 되었다. 이는 이제껏 마음만 먹고 있던 생각들에 마침표를 찍어보겠다는 결기 어린 선택이었다.

늘 이렇듯 '속'이 궁금하고 '보이지 않는 것'에 마음을 두었던 나는 자유주의에 관한 책을 읽게 되었고, 그 가운데 바스티아의 문장을 만나게 되었다. 이 구절은 '보이지 않는 것'이 더 중요하다는, 보이는 것만이 전부가 '아닐 것'이라는 나의 생각에 날개를 달아주었다. 아니, '아닐 것'이 아니라 '아니다'다. 추측이나 추론이 아니라 사실이 그러하다. 보이는 것만으로 알 수 있는 것은 실제 존재하는 것의 얼마나 될까. 바스티아는 나에게 그런 믿음을 안겨주었다.

인간의 가시거리는 얼마나 짧으며 들을 수 있는 소리는 또 얼마나 제한적인가. 과학이 발달하면서 우리는 너무 크거나 많으면 오히려 헤아리지 못하는 존재가 바로 인간임을 알게 되었다. 지식이 짧은 우리는 자신의 한계는 알지 못한 채 부족함을 드러낸다. 보이지 않는다는 이유로 가능한 것, 잠재된 것들을 없다고 하거나 아니라고 하는 일은 얼마나 많은 오류와 오해를 불러일으켰던가. 결국 인간은 아는 만큼 보고 아는 만큼만 느낀다. 그러니 눈에 보이는 것만이 전부라고 속단하지 말아야 한다.

바스티아의 '보이지 않는 것'에 대한 통찰이야말로 내가 자유주의의 삶을 살기로 한 선택이 현명했음을 알게 해준 중요한 변곡점이 되었다. 이제는 습관처럼 '보이지 않는 관점'으로 보고 생각이 어디까지 나아갈 수 있는지, 자유가 어디까지 지켜질 수 있는지 헤아리게 된다.

깨어진 유리창의 비유는 '보이지 않는 것'의 가치를 설명해주는 좋은 예다. 누군가가 유리를 깼기 때문에 돈이 돌고, 산업이 발전할 수 있다. 이것은 '보이는 이야기'다.

그러나 만약 그 돈을 유리 사는 데 쓰지 않았다면 새 구두를 사거나 또는 책을 살 수 있었고 지출이 줄어든 따위의 일은 일어나지 않았을 것이다. 이것은 '보이지 않는 이야기'다.

세금에 의해서 만들어지는 일자리와 이윤은 '보이는' 결과일 뿐이며, 만약 세금으로 낸 돈이 납세자들의 손에 남아 있어서 그 돈이 다른 용도의 지출로 이어지고 그로 인해서 일어났을 일들은 '보이지 않는' 이야기다.

양초장사의 두둑해질 주머니를 위해 태양을 가리는 법을 만들어달라는 주장처럼 이 책은 '기회비용'이라는 어려운 말을 들먹이지 않아도 자연스레 이해되는 번뜩이는 위트로 가득한 책이었다. 이렇게 바스티아의 『법』은 내게 자유주의가 무엇인지 확실하게 알게 해준 좋은 지침서였다.

논리를 확장할 줄 아는 '어른'이 너무나 부족한 세상이 되어 버린 지금, '까꿍놀이'를 하는 아기처럼 눈앞에서 사라져버리면 부재로 인식하는 치기는 유아기까지만 용인될 일이다. 어른이 되어서도 보이지 않는 것을 알아보지 못한다면 그것은 바스티아의 말대로 '아이'이거나 '덜 자란' 소치일지 모르겠다. 이런 깨달음을 갖게 해준 바스티아의 문장은 나에게 언제나 큰 울림으로 다가오는 소중한 한 마디다.

- 조윤희 | 부산 금성고 교사

진화는 문제 해결을 통한 성장이다

"진화하게 하라. 진화는 눈앞에 있는 것이다.
어떠한 목적을 가진 것도 아니며 먼 미래에 있는 것도 아니다.
진화는 당면한 문제들을 해결하기 위한 노력이다."

– 복거일, 『 *Laissez Evoluer* (진화하게 하라)』

"하게 하라, 움직이게 하라(laissez faire, laissez passer)." 1758년 프랑스 경제학자 장 구르네가 외친 이 구절은 근대의 시작을 알리는 신호탄이었다. 그로부터 255년이 흐른 2013년 복거일 선생은 영문으로 쓴 저서 『 *Laissez Evoluer* (진화하게 하라)』에서 "구르네가 '하게 하라, 움직이게 하라'고 했을 때 '진화'라는 개념은 나타나지 않았다"며, "만일 구르네가 살아 있다면 그는 '진화하게 하라'고 외쳤을 것"이라고 말했다.

프랑스어 "Laissez évoluer"를 직역하면 "진화하는 대로 내버려두라"는 뜻이다. 진화하는 대로 내버려둘 때 의지를 가진 생명체들은 환경의 제약에 맞서 변화를 통해 성장을 모색한다. 진화는 '문제 해결'을 통한 '성장'이다. 그리고 진화는 생명의 성장 원리와도 같다. '내 삶의 주인은 나'라는 독립된 정신이 갖춰질 때 '성장'은 이루어진다.

"Laissez Evoluer"는 교육에도 적용된다. 그런데 우리의 현실은 좀 다르다. 헬리콥터맘, 베타맘, 캥거루맘, 타이거맘 등 신조어가 생겨난 지 오래다. 특히 젊은 엄마들은 아이의 미래를 하나에서 열까지 구상하고 그에 맞춰 교육을 시킨다. 엄마는 헬리콥터가 되어 24시간 아이의 머리 위에서 뱅뱅 돌며 일거수일투족을 감시하고, 아이는 엄마가 정해놓은 일과에 따라 움직여야 한다. 아이를 끼고 사는 캥거루맘, 무섭게 길들이는 타이거맘도 마찬가지다.

또 다른 유형인 베타맘은 아이가 자신의 의지로 선택한 것에서 깨닫고 사고하도록 기다려주며 자족감을 찾게 해주는 엄마를 말한다. 즉 부모가 원하는 삶을 살도록 강요하지 않는 엄마가 베타맘이다. 하지만 이런 베타맘이 되고 싶어하는 젊은 엄마들도 결국은 우리나라 교육 현실에 부딪혀 조바심을 내고 만다. 간섭하게 되고 강요하게 된다.

이렇게 부모 결정에 무조건 따르며 교육을 받고 자란 아이는 독립심과 자립심이 없으며 성장도 없다.

같은 교실에 있는 학생들일지라도 생각은 제각각이다. 인문계 교육을 받지만 정규 학업보다 기술 등 다른 분야에 관심을 보이는 학생도 다수 있다. 내가 가르치는 학생 가운데는 대학에 진학하기보다 요리사가 되고 싶어하던 아이가 있었다. 하지만 부모의 반대가 컸고 갈등도 심각했다.

나는 학부모와 상담을 한 뒤 아이의 희망대로 요리를 배울 수 있도록 지원해주었다. 그러자 아이는 스스로 변화하기 시작했다. 신명이 나서 열심히 공부했고 요리사 자격증을 여러 개 취득했다. 학업에 관심은커녕, 학교에 오는 것도 지겨워하던 아이의 수업 태도가 달라졌다. 학업에도 흥미를 갖게 되었다. 극적인 변화는 인간관계였다. 급우들을 비롯해 선생님들과의 관계도 원만해졌다. 능동적이고 적극적인 태도로 학교생활을 즐겼다. 물론 성적도 향상되었다.

이러한 변화는 스스로가 자신을 이롭게 하기 위해 선택한 결과다. 자신의 진로를 스스로 탐색하고 공부를 하니 목표 성취감도 생겼다. 더 높은 학업성취 의욕을 보였다. 문제 해결을 통해 성장했을 뿐 아니라 분명히 진화했다.

라틴어 'educāre'에서 파생된 'education'은 '밖으로 드러내다' 또는 '앞으로 이끌다'라는 뜻을 가졌다. 누군가를 교육할 때 그 사람의 머릿속에 새로운 것을 넣어주는 것이 아니라 그 사람 내면에 있는 무한한 가능성을 이끌어내라는 의미다.

이처럼 '교육'은 그 말 자체에 '진화'의 뜻을 품고 있다. 그리고 그 본질은 개개인의 성장에 있다. 개인의 독립정신은 자유의 바탕 위에서 날개를 편다. 그 무한한 가능성을 이끌어내는 환경을 만드는 것이 바로 교육의 역할이다.

진화하게 하라!

- 김소미 | 용화여고 교사

스스로 강해지는 정신의 힘

"인생의 야망을 모두 다 채울 수 있는 사람은 100만 명 가운데 하나도 안될 것이다. 한 사람의 노동의 결과는, 비록 그가 운이 좋았다 하더라도, 젊은 시절 넘치는 희망의 꿈을 통해 기대를 가졌던 것에는 훨씬 못 미친다. 계획과 꿈은 수만 가지 방해물에 부딪혀 깨어지며 마음먹었던 일을 성취하기에는 스스로의 힘이 너무 미약함이 입증된다.

바라는 바를 얻지 못하는 실패, 계획의 좌절, 반드시 이루고자 했던 과업에 비추어 너무 부족한 자기 자신, 이런 것들이 한 사람의 고통스러운 경험을 이룬다. 그러나 이런 것들은 사실 사람들의 일상적인 운명인 것이다. 우리가 이런 경험에 대하여 반응하는 데는 두 가지 길이 있다. 그 하나는 괴테의 지혜 속에 나타나 있다.

너는 내가 내 삶을 미워하고
황야로 도망쳐야 된다고 생각하느냐
내 꿈의 봉오리들이 모두
피어나지 않았다고 해서?

이렇게 그의 프로메테우스는 외친다. 그리고 파우스트는 그의 '지고의 순간'에 '지혜의 마지막 말'은 다음과 같은 것이 되어야 한다고 깨닫는다.

아무도 자유로움이나 목숨을
누릴 자격이 없다네.
그가 매일매일 그것들을
새롭게 쟁취하지 않는다면

그러한 의지나 정신은 어떠한 지상의 불행으로도 소멸시킬 수 없다. 인생을 있는 그대로 받아들이며, 또 그것에 의하여 압도되는 것을 허용치 않는 사람은 자신감이 깨어졌다고 해서 '목숨을 건져주는 거짓말'의 위안 속에서 도피처를 찾지는 않는다. 바라던 성공이 오지 않고 수년간의 피나는 노력을 통해 쌓아올린 것이 운명의 장난으로 순식간에 허물어진다 해도 그는 배전의 노력을 기울일 뿐이다. 그는 절망에 빠지지 않고도 파멸을 직시할 수 있는 것이다."

– 루트비히 폰 미제스, 『자유주의』, 「반자유주의의 심리적 근원」

'내 마음속 자유주의 한 구절'이라고 하기에는 너무 긴 글이다. 하지만 원고를 의뢰받자마자 나는 미제스의 이 글을 가장 먼저 떠올렸다. 『자유주의』는 미제스를 알고 처음 접하게 된 책이었다. 딱딱한 사회과학 서적에서 "인생의 야망을 모두 다

채울 수 있는 사람은 100만 명 가운데 하나도 안 될 것이다"라는 이 문장을 만난 순간, 마음이 흔들리기 시작했다. 머리로 아는 것이 아니라 가슴으로 느끼는 '자유주의'의 정신이라고 할까. 나에게 이 구절은 그런 무게를 지닌다.

미제스의 말처럼 '바라는 바를 얻지 못하는 실패, 계획의 좌절, 반드시 이루고자 했던 과업에 비추어 너무나 부족한 자기 자신'에 괴롭겠지만 이는 모든 이들이 맞이하는 일상적인 운명이다. 주변에 '목숨을 건져주는 거짓말'이 참으로 많다. '너의 잘못이 아니야. 이 사회와 제도가 문제야'라는 속삭임이다. 이런 찰나의 위안에 속지 말고 다시 배전의 노력을 기울여야 할 일이다.

미제스의 말들에 나는 그저 고개만 끄덕일 뿐이다. 그다지 뛰어나지 못한 두뇌로 세상을 살아가려니 애로가 많기는 하다. 잘난 이들 앞에서 주눅이 들기도 하고 스스로가 비참하게 여겨질 때도 있다. 그러나 그것은 내가 그만큼 노력하지 못한 결과다. 나는 묵묵히 내가 할 수 있는 일을 하고, 내일은 조금 더 나은 내가 되기 위해 노력할 뿐이다.

자유주의의 매력은 '개인을 건강하게 만든다'는 데 있는 것 같다. '남 탓' '사회 탓'이 아니라, 자기 자신에게서 문제를 찾

고 스스로 강해질 수 있는 정신을 부여하는 힘. 미제스의 책에
서 나는 그걸 배웠다.

- 이유미 | 컨슈머워치 사무국장

제3부

———

어떤 정치가
세상을 이롭게 하나

"인간이 국가를 자신의 천국으로 만들고자 했기 때문에
국가는 이 땅의 지옥이 되었다."

– 요한 크리티안 프리드리히 휠덜린, 「히페리온」

애국심은 수요의 법칙에서 예외인가

"예전에는 대단히 애국적인 행동을 하던 사람이
지금은 덜 애국적인 또는 비애국적인 행동을 하는 것은
그 사람의 애국심이 예전보다 퇴락했다는 증거인가?"
– 게리 S.베커

내가 본격적으로 경제학을 공부하기 시작한 것은 1979년
고려대학교 대학원에 입학하면서부터다. 2년의 대학원 학습
을 마치고 미국 오하이오 주립대학교에 유학한 것이 1981년
봄이었다.

그런데 그곳에서 나는 한국에서 공부한 것과는 사뭇 다
른 접근 방식을 접하게 되었다. 영어로 표현하면 economic
reasoning이나 economic mind training이라는 경제학적 사고
방식을 형성하는 것이었다. 다소 생소한 접근이라 어려움을
겪기도 했다.

1981년 가을쯤에 읽은 책이 있었는데, 지금은 책 제목이

잘 생각나지 않는다. 아마도 당시 시카고 대학 교수였던 베커(Gary S. Becker)의 책이었던 것 같으나 분명하지 않다. 책의 첫 부분은 하나의 구절로 표현할 수는 없을 만큼 아주 인상적인 내용을 담고 있었다.

제1장을 펼쳐 '애국심을 수요의 법칙으로 설명'하는 부분을 보았다. 그 순간, 경제학이 참으로 재미있고 신기한 학문이라는 생각이 들었다. 그래서 나는 지적인 호기심을 촉발시킨 1981년의 가을 어느 날을 잊을 수 없다.

질문의 내용은 이렇다. "예전에는 대단히 애국적인 행동을 하던 사람이 지금은 덜 애국적인 또는 비애국적인 행동을 하는 것은 그 사람의 애국심이 예전보다 퇴락했다는 증거인가?" 국산품 애용이 좋은 예다. 조금 더 풀어보자면 "이전에는 국산품만 쓰던 사람이 이제는 외국산을 쓴다면 이는 그 사람의 애국심이 퇴락했다는 사실을 의미하는가"라고 질문할 수 있을 것이다.

외국산을 쓰는 사람은 그 행동으로 미루어볼 때 애국심이 예전보다 퇴락한 것처럼 보일 수 있다. 그러나 저자는 그 사람의 애국심의 정도는 예전과 변함없이 똑같으나 이제는 여건 변화로 애국적인 행동을 하는 데 따르는 상대가격이 높아졌으므로 애국심을 덜 산다고 설명한다. 즉, 애국적인 행동을 위해 지불해야 하는 대가가 커졌으므로 덜 애국적인 행동을 하게 되고, 따라서 그 사람의 애국심이 퇴락한 것처럼 보인다는 것이다.

결국 애국심이라는 무형의 심리적 재화도 수요의 법칙에서 예외 사항이 아니라는 것이 설명의 요점이다. 이는 곧 수요란 전부 또는 전무(all or nothing)를 뜻하지 않는다는 사실을 의미한다.

사람들이 도덕적으로 타락했다거나 품위와 명예를 헌신짝처럼 버리는 세상이 되었다는 한탄 역시 수요의 법칙으로 설명할 수 있다. 이러한 현상 역시 사람들의 도덕성이나 품위와 명예에 대한 가치 부여 정도는 예전과 똑같으나, 이를 사고 유지하기 위해 지불해야 하는 가격이 높아졌음을 나타내고 있다.

그러나 여건 변화에도 불구하고 도덕과 품위, 그리고 명예를 중시하고 한결같이 지키는 사람들이 있다면 이들의 행동은 어떻게 설명할 수 있을까? 이 사람들의 무형의 심리적 재화에 대한 수요곡선은 가격에 전혀 영향을 받지 않는 수직선일까?

그럴 수도 있다. 그러나 그보다는 "그 사람의 수요곡선은 다른 사람들의 수요곡선보다 원점에서 더 멀리 떨어져 있기 때문이다"라는 설명이 더 설득력이 있을 것이다. 즉 이런 사람들은 도덕과 품위, 그리고 명예를 아주 중요하게 여기기 때문에, 이를 유지하기 위해 지불하는 대가가 커지더라도 부도덕하거나 품위 없는 행동을 하게 되지는 않는다는 것이다.

애국심은 수요의 법칙에서 예외인가? 언뜻 보아 수요의 법칙으로 설명할 수 없는 것 같은 현상에서 나는 경제학의 즐거움과 사람에 대한 호기심을 느낀다. 애국심과 수요의 법칙은 학문의 깊이를 더하게 해준 경험이었다.

수요의 법칙이란 사람들이 사고자 하는 상품의 양과 (상대)가격 간에는 역(逆)의 관계가 있다는 법칙이다. 어떤 재화의 (상대)가격이 상승하면 수요량이 감소하고 하락하면 증가하는 관계, 즉 (상대)가격과 수요량 사이에 성립하는 역 관계를 가리킨다.

- 김영용 | 전남대 교수, 경제학

120년 전과 다르지 않은 동북아 정세

"태평양이 마르고 히말라야가 평지가 될지라도
우리 대조선 독립은 우리 한인의 손으로."
– 이승만, 『청일전기』, 「서문」

　『청일전기(淸日戰記)』는 청일전쟁(1894~1895)이 종료된 후
5년이 지난 1900년, 만 25세의 나이가 된 대한민국의 건국 대
통령 이승만(1875~1965)이 한성감옥에서 순 한글로 원고를
마무리한 책이다. 이승만은 정부 전복을 꾀했다는 이유로 독
립협회 간부들과 함께 한성감옥에 투옥 중이었다. 결국 출판
은 1917년 하와이 태평양잡지사에서 이루어졌다.

　1917년 출판된 『청일전기』의 「서문」에서 이승만은 이렇게
역설했다. "만일 한인들이 오늘날 유구국(琉球國, 오키나와)이
나 타이완 인종들의 지위를 차지하고 말 것 같으면 이 전쟁의
역사를 알아도 쓸데없고 오히려 모르는 것이 나을 터이지만,

우리는 결단코 그렇지 아니하여 태평양이 마르고 히말라야가 평지가 될지라도 우리 대조선 독립은 우리 한인의 손으로 회복하고야 말 터인즉 우리 한인이 갑오전쟁(청일전쟁)의 역사를 모르고 지낼 수는 없다."

작년, 그러니까 2014년은 갑오년이다. 10간(干)과 12지(支)를 결합해서 만드는 60개의 간지(干支)를 두 바퀴 거꾸로 돌리면 120년 전 갑오년이 된다. 그해는 근대 동북아의 질서를 뒤바꾼 일본과 청국의 전쟁, 즉 '청일전쟁'이 발발했다. 일본이 압승한 이 전쟁의 결과로 노쇠한 중국은 떠오르는 일본에 동북아의 맹주 자리를 내주는 수모를 당했고, 우리는 일본의 식민지로 전락하는 길로 접어들었다.

이 전쟁이 끝난 지 120년이 지난 오늘날의 동북아는 또 다른 격동의 중심에 서 있다. 권토중래를 위한 굴기(崛起)의 중국과 120년 전의 영광을 기억하는 일본이 갈등하고 있고, 한반도 북쪽에서 진행되고 있는 핵무기 개발과 인권 유린은 국제사회의 첨예한 감시에도 불구하고 이른바 주체(主體)의 '강성대국'을 쌓아가고 있다. 이 소용돌이 한가운데 존재하는 나라가 대한민국이다. 지금 이 나라는 건국부터 지금까지 피 흘리고 땀 흘리며 이루어놓은 모든 것이 어느 한순간에 사라질

지 모르는 바람 앞의 등불과 같은 형국이다.

옥중에서 이승만은 청일전쟁에 관한 중국책 『중동전기본말(中東戰紀本末)』(1897)을 발췌 및 번역하고 그에 더해 「전쟁의 원인」과 「권고하는 글」이라는 논설을 덧붙여 원고를 완성했다. 『중동전기본말』은 당시 중국에서 선교사 겸 언론인으로 활동하던 앨런(Young J. Allen, 林樂知, 1836~1907)과 중국 언론인 차이얼강(蔡爾康, 1852~1921)이 공동으로 편저해 1897년 전체 18권(전편 8권, 속편 4권, 3편 4권, 부록 2권)으로 출판한 청일전쟁에 관한 역사책이다. 중국과 동영(東瀛: 바다의 동쪽 나라, 즉 일본)의 전쟁을 처음부터 끝까지 해설한다는 의미에서 붙여진 이름이다.

이 책은 당시 우리나라에서 큰 관심을 끌었다. 언론인 유근(柳瑾, 1861~1921)이 돕고 사학자 현채(玄采, 1856~1925)가 발췌 및 정리하고 국한문으로 번역해 두 권의 책으로 묶어 1899년 『중동전기』라는 이름으로 번역본이 출판된 사실이 이를 뒷받침한다. 1900년 『청일전기』의 「서문」에서 이승만은 이 번역본을 참고하여 원고를 썼다고 밝히고 있다.

이 책에는 당시 전쟁을 전후해 청국과 일본 사이에 오간 외교 공문을 비롯한 역사적 기록이 다수 수록되어 있다. 예컨대 청국 황제 광서제의 「선전포고 조칙」, 일본 천황의 「선전포고문」, 청국 대표 리홍장과 일본 대표 이토 히로부미의 「시모노세키 강화회담 대화록」, 전쟁에 패배한 청국의 슬픈 운명을 그대로 드러내주는 「시모노세키 최종 조약문」은 물론, 리홍장과 로마노프 간에 체결된 「청러 밀약문」, 청국과 일본 간 조선 문제를 두고 서울에서 조인한 「한성조약문」 등이 그 예다.

충무공 이순신의 말씀을 굳이 상기하지 않더라도 120년 전 갑오년은 우리에게 유비무환이 얼마나 중요한가를 생생히 보여주고 있다. 이를 잊지 않기 위해 연세대학교 이승만연구원은 1998년 펴낸 『우남 이승만문서 동문편』 제2권에서 1917년 하와이에서 간행된 『청일전기』를 영인하여 출판했다.

또한 송복 교수가 2011년 연세대학교 이승만연구원 학술총서 15권으로 출간한 책 『저서를 통해 본 이승만의 정치사상과 현실인식』에 포함된 오영섭 박사의 논문이 『청일전기』의 해제로 쓰였다.

이러한 일련의 작업을 마무리하기 위해 연세대학교 이승만연구원은 2014년 청일전쟁 120주년을 맞아 이승만의 『청일전기』를 현대어로 번역하여 출판하는 작업을 시작했다. 국한문으로 된 원작을 축약하고 또 한글로 바꾼 이승만의 옥중 노고가 60간지를 두 바퀴 돌아 유엔에서 '북한인권결의안'을 채택한 2014년에 대한민국의 모든 국민이 읽을 수 있는 현대 한국어로 원고가 마무리되었다. 이듬해인 2015년 마침내 『쉽게 풀어 쓴 청일전기』가 출판되었다는 사실에 호국 영령이 되어 하늘에서 우리를 굽어보고 계실 건국 대통령도 기뻐할 터다.

동북아의 새로운 국제정세가 우리로 하여금 이 책을 읽지 않을 수 없도록 만들고 있다. 떠오르는 중국과 이를 견제하는 일본이라는 오늘날의 상황이 120년 전과 달라 보이지 않기 때문이다. 또한 북한이라는 한민족 내부의 변수가 러시아는 물론 미국을 여전히 한반도에 불러들이고 있기 때문이기도 하다. 이 역시 120년 전과 크게 다르지 않다.

- 류석춘 | 연세대 교수, 사회학 / 연세대 이승만연구원 원장

지식은 분별과 행동의 기초

"민주적 공동체의 시민의 첫 번째 의무는 스스로를 교육하고 시민적 업무를 처리하는 데 필요한 지식을 얻는 것이다. 선거권은 특권이 아니라 의무이자 도덕적 책임이다. 투표자는 사실상 관직 보유자다. 즉 그의 관직은 최고의 관직이고 그것은 최고의 의무를 의미한다."
– 루트비히 폰 미제스, 『관료제』

좌파들은 자기들의 논리가 막혔을 때 상대방의 주장을 '신자유주의' 시각이라고 매도한다. 이런 관점에는 신자유주의는 잘못된 사상이고 비도덕적인 주장이라는 전제가 깔려 있다. 그들은 신자유주의를 제대로 이해하고 있지 못한 경우에도 그렇게 단정한다. 때로는 상대방의 생각을 재벌의 이익을 옹호하는 견해라고 주장하기도 한다. 사회의 모든 구성원들에게 이익이 되는 경우에도 재벌에 이익을 준다면 이를 부정적으로 여긴다.

이른바 '진보적인' 정부 개입주의자들이 사용하는 주요 선전 책략은 현재의 모든 불만에 대해 자본주의를 비난하고 사회주의를 찬양하는 것이다. 그들은 자기들의 그릇된 독단이 옳다고 증명하려 하지도 않고, 자유주의 경제학자들이 제기하는 이의를 기각하려 하지도 않는다. 그저 반대자들의 동기를 의심하고 비난할 뿐이다. 국민은 이러한 술책들을 잘 알지 못하고 쉽게 속는다.

좌파 '진보주의자들'은 대량 실업을 시장과 기업이 야기하는 문제로, 신자유주의 탓으로 돌린다. 그들은 이러한 문제가 노동조합 압력이나 최저임금제 같은 정부 개입 정책의 결과라는 것을 외면한다. 그들은 정부 지출이 고용을 증대할 수 있다는 환상을 가진다. 그들은 정부 개입 정책을 대중에게 선전하고 선동한다. 여기에는 거짓말, 오류, 미신이 가득 들어 있다.

실체가 없는 환상과 공허한 구호의 희생이 되지 않으려면, 그리고 모든 선동에 대항해서 스스로를 방어할 수 있으려면, 국민은 이성과 상식을 갖추는 것이 필요하다. 또한 민주적 공동체를 운영하는 데 필요한 경제학적 지식을 가져야 한다. 오늘날의 주된 정치 쟁점들은 경제적이어서 경제학적 지식 없이는 이해될 수 없기 때문이다.

경제학적 지식은 따로따로 떨어져 있는 사실들과 수치들을 무차별적으로 흡수함으로써 얻을 수 있는 것이 아니다. 분별 있는 성찰에 의해 상황을 면밀하게 분석하고 검토해야 얻을 수 있다. 이때 무엇보다 필요한 것은 상식과 논리적 명료성이다. 또한 사물의 밑바닥까지 파고들어가는 태도다. 피상적인 설명들과 해결책들을 마지못해 받아들여서는 안 된다. 자신의 사고력과 비판적 능력을 사용해야 한다.

이처럼 경제학적 지식이 있어야 민주적 공동체를 잘 보존할 수 있다. 미제스의 말처럼 민주 시민이 가진 주권은 특권이 아니라 의무이자 도덕적 책임이다. 투표자는 시장과 대통령을 정하고 시의원과 국회의원을 정하는 사실상 관직 보유자다. 즉 그의 관직은 최고의 관직이다. 그런 만큼 그것에는 최고의 의무가 수반된다.

이러한 의무를 잘 수행하기 위해서는 국민은 경제 원리를 올바로 이해할 필요가 있다. 이를 위해 경제학자가 될 필요는 없다. 경제학적 지식의 습득에는 그저 이성과 상식이 요구될 뿐이다.

- 황수연 | 경성대 교수, 행정학

국가의 부는
투표함에서 나오지 않는다

"투표함이 우리 국부를 증가시킬 수는 없다…… 다수결로 결정할 수 있는 것은 다른 어딘가에 있던 것을 빼앗아다가 다른 누군가에 주는 것이다. 누군가가 그 돈을 받았다는 것은 다른 누군가가 그 돈을 빼앗겼다는 것을 의미한다."

– 클로드 프레데리크 바스티아, 『법』

우리는 시장을 불신하는 경향이 있다. 이해관계가 부딪치는 시장은 '약육강식'의 정글처럼 비쳐지게 마련이다. 시장은 경제적 강자의 선호를 잘 반영하지만 경제적 약자의 선호는 반영하지 못한다. 또한 시장에서는 화폐로 평가되지 않는 비물질적 욕구는 충족되지 않는다고 여겨진다. 따라서 경제는 정치 논리에 따라 제어되어야 한다는 데 동의하기 쉽다.

위의 인용에서 투표함은 '정치적 의사결정'을 의미한다. '1원 1표'의 시장이 아닌 '1인 1표'의 선거를 통해 경제적 강자뿐만 아니라 경제적 약자의 선호, 그리고 비물질적 욕구도 찾아내야 한다는 것이다.

바스티아가 남긴 구절은 6만 프랑의 돈을 보조금으로 예술활동에 지원하는 상황에서 인용된 것이다. 6만 프랑의 세금을 더 걷어 예술활동에 지원한 결과, 연출자와 가수, 미용사, 장식업자는 혜택을 받고 임금이 올라가지만 여타 농부와 도랑 파는 사람, 목수, 대장장이들의 임금은 같은 금액만큼 줄어든다.

공공지출 증가는 민간 지출을 줄여야만 가능한 일이다. 따라서 투표결과 고용의 내용이 달라질 뿐 경제 전체를 보았을 때 '새로운 일자리'가 창출되는 것은 아니다. 보조금으로 만들어지는 직업들과 그 직업들의 유용함이 보조금 때문에 사라지는 직업들과 그것의 유용함에 비해 더 도덕적이며 더 합리적이라고 할 수 있을까.

그렇지 않다. 배우들에게 물건을 공급하는 사람들의 임금뿐만 아니라 납세자들에게 물건을 공급하는 사람들이 입게 되는 손실도 고려해야 한다. 이것이 바로 바스티아의 "보이는 것과 보이지 않는 것(what is seen and what is not seen)"의 은유다. 어떤 직업이 새로 만들어져야 하는지 결정하는 것은 '시장'이어야 한다. 투표함이 '시장의 몫'을 대신해서는 안 된다.

국가 신용 옹호자는 "신용 약자에게 대출을 해줌으로써 그들을 생산적 사회구성원으로 만들 수 있다"고 주장한다. 국가를 대신한 정부의 대출업무 참여는 '납세자 돈'으로 감행하는 정부의 모험이다. 만약 '신용 증대'가 아니라 '부채 증대'로 명명했다면 빌리는 쪽과 빌려주는 쪽 모두 신중했을 것이다. 납세자의 돈은 '우리 돈'이 아닌 '남의 돈'으로 여겨진다. 정부 대출종사자는 빌려준 돈을 돌려받지 못했을 때 "자신(대출종사자)의 잘못이 아니다"를 가장 잘 설명할 수 있는 사람들이다.

이런 이유에서 정부 대출은 민간 대출에 비해 자본과 재원을 낭비할 공산이 크다. '빌려준 돈으로 자본을 지니게 된 사람'은 보이지만 '당초 대출 대상자에게 돈을 빌려주지 않았을 때 자본을 쥘 수 있는 사람'은 보이지 않는다. 정치적 판단(투표)을 통한 농부·자영업자 등 사회적 약자에 대한 신용 공여는 오히려 사회적 생산의 총량을 감소시킬 수도 있다.

국가를 자애롭고 전지전능한 능력을 가진 존재로 인식하는 것은 위험한 사고방식이다. '무제한의 국고(國庫)와 무오류의 조언'을 나누어줄 수 있는 국가는 없다. 하지만 투표를 통해 대표를 선출하고 대표자로 하여금 법을 만들게 하면 국가는 박애주의 실천자로 변모한다. 그러면 모두들 '입법'을 통해 혜택을 받으려 할 것이다. 법이 보호, 육성, 장려 등의 명분으로 "누군가의 것을 덜어내 다른 누군가에게 준다면" 입법을 요구하지 않을 집단은 없을 것이다.

그러나 국가는 다른 사람들에게 부담을 주지 않고는 그런 요구를 들어줄 수 없다. 한손으로 무엇인가를 빼앗아 다른 손으로 나눠주어야 한다. 나눠주는 손은 자애롭지만 빼앗는 손은 거칠기 짝이 없다. 그렇게 되면 국고는 약탈의 대상이 되고 국가는 "만인이 만인을 착취하는 거대한 허구"로 전락하게 된다.

바스티아는 일찍이 법이나 정치의 도움으로 타인의 재산을 빼앗은 것을 '합법적 약탈'로 명명했다. 합법적 약탈은 다양한 형태로 자행된다. 산업보호, 장려금, 보조금, 누진소득세, 무상복지, 이윤에 대한 권리, 임금권, 노동권, 생존권, 무이자 대출 등이 그 수단이다.

한편 국가를 구성하고 있는 관료는 그들의 부와 영향력이 확대되기를 원하는 사람들이다. 그들은 예산과 재량권을 가져다주는 이 같은 기회를 놓칠 리가 없다. 그들은 그런 방식으로 조직과 특권을 늘려간다. 이처럼 '국가 간섭주의'의 길은 도처에 널려 있다.

조동근

최근 한국경제가 활력을 잃은 데는 그만한 이유가 있다. 우리나라는 2010년 G20 의장국이 되었다. 2009년 미국발 글로벌 금융위기를 잘 극복했기 때문이다. 그 여세를 몰아 2010년에는 6.2퍼센트의 성장률을 실현했다. 위기상황에서 '경제논리'에 충실했기에 가능한 일이었다.

하지만 거기까지였다. 이후 이어진 2012년의 총선과 대선 정국에서 '경제민주화'가 대세를 이루면서 정치가 경제를 압도했다. 이른바 '정치 과잉'의 시대가 펼쳐진 것이다. 정서법, 떼법, 특수계층의 이익을 보호하는 각종 처분법 등이 횡행하면서 근로 동기와 유인이 상실되었다. 정치가 경제를 압살하면서 저성장은 구조화됐다.

국가의 부는 투표함에서 나오지 않는다. 많은 사람이 지지한다고 그 길이 정답은 아니다. 숫자에 기초한 무소불위의 합법적 약탈을 제어하지 않는다면 추락하는 경제를 반전시킬 수 없다.

- 조동근 | 명지대 교수, 경제학

관료는 서툰 손으로 경제를 건드린다

"관료들에게 통계를 작성하게 하면,
그들은 이를 이용해 계획을 세우려고 한다."
– 존 카우퍼스웨이트 · 밀턴 프리드먼, 『내셔널 리뷰』, 「홍콩의 실험」(1997)

1955년, 밀턴 프리드먼은 인도 정부의 초청으로 인도로 가는 길에 처음으로 홍콩을 방문했다. 그때 홍콩은 중국의 공산화를 피해 온 수많은 난민들로 가득했다. 대부분의 홍콩 주민들은 온 가족이 방 하나에 모여 살 정도로 빈곤한 상태에 처해 있었다. 프리드먼은 1963년 홍콩을 다시 방문하게 되는데 그때 홍콩의 재무장관인 카우퍼스웨이트(John Cowperthwaite)를 만나게 된다.

위에서 인용한 구절은 카우퍼스웨이트가 경제 통계가 부실하다는 프리드먼의 지적에 답한 것으로, 관료들의 속성을 잘 보여주고 있다. 관료들은 핑계만 닿으면 경제에 개입하려 한다는 것이다.

카우퍼스웨이트는 1961년부터 10년 동안 홍콩의 재무장관을 지내면서 훗날 '긍정적 불개입주의'라고 알려진 정책의 기초를 마련한 인물이다. 그는 정부의 경제 개입이 일반화된 당시의 시류에 맞서 자유방임주의라고 할 만큼 경제에 간섭하지 않고 내버려두었다.

이러한 정책은 프리드먼에게 깊은 인상을 남겼다. 저서 『선택할 자유』에서 그는 제한된 정부의 실례로 홍콩을 들고 있을 정도였다. 프리드먼이 보기에 홍콩은 자유시장과 제한된 정부가 실현된 현대적 모범 사례였다. 프리드먼은 긍정적 불개입주의가 홍콩을 부유한 국가로 만들었다고 여겼다.

프리드먼은 홍콩이 자유시장 경제를 택한 것은 두 가지의 우연한 사건에서 비롯되었다고 지적했다. 먼저 홍콩이 영국으로부터 독립하지 않았다는 사실이었다. 독립을 했다면 당시 모든 국가들이 그렇듯이 복지국가를 지향했을 것이고, 인도나 케냐처럼 되었으리라고 말했다. 프리드먼은 카우퍼스웨이트가 홍콩의 재무장관으로 파견되었다는 점을 강조한다. 그의 정책으로 홍콩에 자유로운 시장이 생겼다고 보았다.

카우퍼스웨이트는 학자가 아니었기 때문에 많은 글을 남기지는 않았다. 하지만 홍콩 입법원에서 남긴 발언은 여전히 회자되고 있다. 그는 관료보다 시장의 보이지 않는 손을 전적으로 신뢰하고 있었다. 그는 관료가 서툰 손가락으로 민감하게 돌아가는 경제를 건드리는 것보다 19세기의 '보이지 않는 손'에 의지하는 편이 낫다고 보았다. 그리고 여러 기업가나 사업가의 결정이 정부나 위원회의 결정보다 현명하고 나은 결과를 초래한다고 믿었다. 정부나 위원회는 지식의 한계 때문에 경제와 관련된 무수한 요인들을 제한적으로 알 수 있을 뿐이라고 여겼다.

그는 산업에 대한 정부의 개입에 대해서도 부정적인 입장을 취했다. 정부 자금을 이용하여 일부 선택된 기업가에 특혜성 지원을 하자는 제안에 반감을 표했다. 그것이 산업화 과정에는 무엇이 좋고 무엇이 나쁘다는 관료들의 생각에서 비롯된 것이라면 더욱 그랬다. 그에 따르면 유치산업은 애지중지 보호하면 제자리에 남아 있으려고 하지 성장하거나 발전하려 하지 않는다.

이것은 미래 유망산업의 경우에도 마찬가지다. 미래 유망산업이라면 굳이 정부의 도움이 필요 없다는 것이다. 유망산업은 바로 그 이유 때문에 스스로 발전할 수 있어야 하며 정상적인 시장에서는 특별한 도움 없이도 발전하게 된다고 보았다.

카우퍼스웨이트는 2006년 1월에 사망했다. 그리고 2006년 9월, 홍콩의 행정관이 '긍정적 개입주의' 정책의 종언을 선언했다. 이에 프리드먼은 바로 다음 달 『월스트리트 저널』에 「잘못되어가는 홍콩」이라는 칼럼을 기고했다. 이 칼럼에서 프리드먼은 카우퍼스웨이트의 정책이 남긴 결과에 대해 다음과 같이 적었다. "제2차 세계대전이 끝났을 때 1인당 소득이 영국의 4분의 1에 불과한 가난한 섬이었다. 그러나 1997년 주권이 중국에 이양되었을 때 홍콩의 1인당 소득은 식민지 모국이었던 영국과 거의 같아졌다. 이것은 누구나 자신의 이익을 자유롭게 추구할 수 있는 자유가 주어져 있을 때 그것이 초래한 결과가 무엇인지를 분명히 보여주는 사례다."

카우퍼스웨이트가 세상을 떠난 후 몇 개월 뒤 그를 가장 적극적으로 지지했던 프리드먼도 세상을 떠난다. 하지만 카우퍼스웨이트의 경구는 여전히 관료들의 서툰 손이 큰 힘을 발휘하고 있는 한국경제에 많은 것을 시사해주고 있다.

- 정기화 | 전남대 교수, 경제학

전체주의와 대결하는 곳에
자유가 있다

"민주주의와 전체주의의 대결(Democracy Versus Totalitarianism): 전체
주의는 인간을 정부에 복종하게 만드는 체제이고, 민주주의는 정부 전횡
으로부터 인간 권리를 보호하는 체제다. 민주주의를 지향하는 나라들이
소련 공산주의, 일본 군국주의, 그리고 독일 파시스트라는 전체주의와
대결하여 승리할 때, 대한민국도 자유의 길을 갈 수 있다."
– 이승만, 『*Japan Inside Out: The Challenge of Today* (일본의 가면을 벗기다)』

이승만은 일본 군국주의가 패망해야 대한민국이 독립할 수
있고, 군국주의가 해체되려면 민주국가들이 나서서 대결해야
하고 승리해야만 한다는 사실을 명확히 했다. 그는 희생이 두
려워 대결하지 않으면 평화도 없고, 자유와 민주도 없으며, 전
체주의만 확산된다고 경고했다.

또한 일본의 진주만 폭격으로 시작된 태평양전쟁 훨씬 이전
부터 미국과 자유세계를 상대로 전체주의와 싸우지 않으면 세

계는 모두 전체주의로 전락할 것이라고 했다.

특히 이승만은 '평화주의'라는 가면을 쓰고 펼치는 전체주의의 선전과 선동에 맞섰다. 일본 군국주의의 본질을 이해시키고, 일본과 대결을 주저하는 미국을 일깨울 목적으로 '전체주의와 민주주의의 대결'이라는 구도를 확립시켰다. 전체주의를 용납하면 자유는 물론 평화도 없고 식민지 각국에게는 독립의 길도, 민주주의의 길도 없음을 논증했다.

이승만은 일본과의 전면전쟁을 주저하던 미국에게 일본군국주의와의 전쟁에 나서라고 촉구했다. 그리고 공산주의를 포함한 전체주의와의 대결이란 민주의 당면한 과제이고, 함께 맞서 반드시 승리해야 한다고 강조했다.

중요한 사실은 이승만이 전체주의를 열거할 때 미국과 협력관계에 있던 소련 공산주의를 맨 먼저 거론했다는 것이다. 그러고는 이를 일본 군국주의와 동일한 전체주의라고 명시했다는 것이다. 1941년까지만 해도 일본과 전쟁조차 하지 않으려던 미국사회를 상대로 나라 이름도 알 길 없는 식민지의 한 지도자가 일본은 물론, 소련 공산주의라는 전체주의와도 단호히 맞서 싸워야 한다고 호소했던 것이다.

한국 현대사에 가장 중요한 결과를 만든 이승만의 인식은 바로 공산주의를 군국주의와 동일한 전체주의이자 또 다른 제국주의라고 명확히 규정했다는 사실이다. 당시는 물론 지금도 공산주의를 제국주의로 보지 못하는 인식이 보편적인데, 이승만은 일본 제국을 넘어서면 그 너머에 소련 제국주의의 세계적 확장이 있으리라는 사실을 예견했다.

실제 일본과 전쟁을 종결시킨 미국 루스벨트 정부가 연합국 관계였던 소련 공산주의와 대결하지 않으면서 세계는 공산주의의 길로 내몰렸다. 제2차 세계대전이 종결되는 과정에서 스탈린 공산주의는 동유럽과 중앙아시아는 물론 중국, 북한 등 전 세계에 거대한 공산제국을 만들었다. 그 와중에 대한민국은 분단되고, 한반도의 절반과 중국 본토마저 공산제국으로 떨어졌다.

군국주의나 공산주의는 동일한 전체주의이자 제국주의라는 이승만의 대응이 있었기에 서유럽을 제외한 전 유라시아 대륙에서 대한민국만이 유일하게 공산제국에 편입되지 않았다. 소련이 주도하는 신탁통치 반대부터 소련의 한반도 개입을 거부한 것이야말로 또 다른 독립과 자유의 투쟁이었다. 대한민국이 성공한 국가가 된 것은 공산주의를 거부한 결과이고, 북한이 최악의 국가로 남아 있는 것은 공산주의를 포기하지 않기 때문이다.

더구나 이승만이 지적하듯 전체주의자들은 항상 '평화주의자(Pacifists)'로서 자기 자신을 포장하면서 자유를 침해하는데, 그 '위장된 평화주의자'들을 용납하고 포용하며 대결하려 하지 않는 곳에서 자유주의는 파괴된다.

지금 70년째 유린되고 고통 받는 북한의 '민족해방'과 '자유민주'를 위해 다시 이승만의 '전체주의와 민주주의의 대결'이란 인식으로 재무장할 때다.

자유란 전체주의와의 대결과 극복 결과로 만들어지는 것이다.

- 김광동 | 나라정책연구원 원장

사회 그 자체가 폭군이 될 때

"사회는 그 자체의 명령을 내릴 수 있고 실제로도 내린다. 그리고 만일 사회가 정당한 명령이 아니라 부당한 명령을 내리거나, 사회가 결코 관여해서는 안 되는 일에 명령을 내린다면, 그것은 많은 종류의 정치적 억압보다도 더 무서운 사회적 전제를 행사하는 것이 된다. 왜냐하면 그러한 행동은 일반적으로 정치적 압제의 경우와 같은 극단적 형벌에 의해 지지되고 있지는 않지만, 그러한 압제보다도 훨씬 더 일상생활의 세부에 깊이 파고들어 인간정신 그 자체를 노예화시키므로 이를 회피할 방법이 더욱더 적어지기 때문이다."

– 존 스튜어트 밀, 『자유론』

인류는 국가에 의해 자유와 권리가 침해당하는 것을 주권재민(主權在民) 사상과 민주주의를 통해 해결하고자 했다. 국민들이 자기 손으로 직접 통치자를 선출하게 되면, 지배자와 피지배자인 국민은 서로 동일해지며, 이에 따라 서로의 이익이 충돌하지 않으리라고 보았다. 그러면 개인의 자유를 지키기 위해 지배자의 권력을 제한할 필요가 없을 거라고 생각했다.

하지만 시간이 흐르는 동안 이런 생각은 오판이었음을 알게 되었다. 권력을 행사하는 '국민'은 권력 행사를 당하는 '국민'과 동일하지 않으며, 국민의 의사란 실제로는 국민 가운데 대다수의 의사 또는 자신을 다수라고 인식시키는 데 성공한 사람들의 의사라는 점을 알게 되었다.

결국 민주주의 안에서 국가 권력은 다른 권력과 마찬가지로 제한될 필요성이 있다고 인식하게 되었다.

민주주의에서 국가의 공권력을 제한하여 정치적 억압을 당하지 않는다면 인간의 자유와 권리는 보호될 수 있을까? 바로 이 부분에서 밀은 자신의 논의를 정치적 권력의 문제에만 그치지 않고 사회적 권력이라는 데까지 한 걸음 더 진척시킨다.

즉 그는 국가 권력의 문제는 지금도 여전히 두려운 것이라고 말하는 한편, 대중의 여론몰이나 군중심리, 떼법, 촛불 난동, 또는 명분론 등을 동원해서 개인의 의사를 무시하고 자유를 침해하는 사회적 권력의 문제, 다수의 횡포에 대해서도 주목하고 있다.

나아가 그는 정치적인 압제보다 오히려 더 무서운 것이 바로 이 사회적인 전제(專制)라면서 여기에 더 주목할 필요가 있음을 강조했다.

"다른 폭정과 마찬가지로 '다수의 폭정'도 주로 공적 권위의 발동을 통해 행해지기 때문에 처음부터 두려운 것이었고, 일반적으로 지금도 여전히 그렇다. 그러나 생각이 깊은 사람들은 사회 그 자체가 하나의 폭군이 될 때, 즉 사회가 집단적으로 그것을 구성하는 개개인에 대해 폭군이 될 때, 그 폭정의 수단은 그 정치기구의 손에 의해 감행될 수 있는 행동에만 국한되지 않는다는 사실을 깨달았다."

위정자의 억압에 대해 보호막을 치는 것만으로는 충분하지 않다. 그는 사회적 압력이나 사회적 전제에 대한 보호막은 더 튼튼하고 더 넓게 펼쳐져야 한다고 지적하고 있다. 국가 공권력에 의한 억압도 그렇지만 사회나 공동체, 여론, 시대정신 또는 다수의 이름으로 자행되고 있는 개인의 자유와 권리에 대한 침해를 결코 무시해서는 안 된다. 사회적 횡포가 더 무섭기 때문이다.

왜냐하면 사회적 압제는 정치적 압제에 비해 일상에 훨씬 더 깊이 파고들어 우리의 정신 그 자체를 노예화시키기 때문이다. 이 사회적 압제는 다수결 민주주의와 합작하여 개인들의 삶을 정형화하고 획일화하고 있다. 출산과 육아부터 시작하여 교육과 주택을 거쳐 생을 마감할 때까지 삶의 모든 문제를 국가가 책임지겠다고 나서면서, 개인들의 자유 영역은 점점 더 축소되고 국가의 영역은 점점 더 확대되고 있다.

개인들은 자신의 노력과 발전을 위해 힘쓰는 능동적이고 적극적인 인간형이 되는 대신 점점 더 국가의 손과 입만 바라보는 수동적이고 소극적인 인간형이 되어간다.

밀이 남긴 구절은 군중심리와 떼법, 여론 등에 의해 사회 그 자체가 폭군이 되었을 때 개인의 자유와 권리가 심각하게 침해되며, 인간정신이 황폐해진다는 사실을 날카롭게 통찰했다.

- 권혁철 | 자유기업센터 소장

자유만 달라, 천국은 개인이 만들겠다

"인간이 국가를 자신의 천국으로 만들고자 했기 때문에
국가는 이 땅의 지옥이 되었다."
- 요한 크리티안 프리드리히 휠덜린, 『히페리온』

이 문장은 휠덜린(Johann C.F. Hölderlin)의 『히페리온』에 나오는 어구로, 하이에크는 『노예의 길(*The Road to Serfdom*)』 제2장 '위대한 유토피아'의 서두문으로 이 부분을 인용했다. 『히페리온』은 그리스 청년 히페리온이 독일에 있는 친구 벨라르민에게 보내는 서간문 형식의 장편소설이다. 이 작품은 독일 청년층에게 큰 영향을 주었다. 한때 독일 전몰학도병의 배낭에는 으레 이 책이 들어 있었다고 한다.

대학원생이던 1980년대 중반, 나는 이 힘겨운 책에 이끌려 격정과 비애에 동시에 감염되었다. 르네상스 시절 이탈리아를 뒤덮은 그리스 정신은 수세기 후, 바이런과 횔덜린을 거쳐 우리를 다시 희미한 목소리로 불러내고 있었다. 수년 후 하이에크의 『노예의 길』을 읽던 중 화려한 문체가 돋보이던 제2장 초입에서 오래전 각인된 횔덜린이란 이름과 다시 조우하게 되었다. 그때 나는 『히페리온』을 알게 된 것은 결국 하이에크를 만나기 위함이 아니었을까 생각했다.

『노예의 길』을 읽으며 하이에크가 이 어구를 인용한 뜻을 명확하게 이해하게 되었다. 수많은 국가가 실패한 근간에는 위대한 이상향에 대한 환상이 있었다. 지상낙원(북한), 태평천국(홍슈취안), 태양의 나라(캄파넬라), 유토피아(모어), 제3제국(히틀러) 및 근래 우리 사회를 교묘히 현혹하는 차별 없는 세상, 인민이 주인 되는 나라가 바로 그것이다. 개인의 자유와 생명을 위협하는 가장 큰 원인은 질병, 재해, 굶주림이 아니라 바로 국가다.

하이에크는 국가가 위대한 유토피아의 환상을 덧입고 나타나 개인 위에 올라설 때 인류의 자유는 가장 큰 비극을 맞게 된다는 사실을 갈파하고자 했다. 이 점을 힘 있게 알리기 위해 자신의 문장을 자제하고 횔덜린의 글을 인용한 것이다. 그래서 나는 이 문장을 『노예의 길』의 요약문이라고 단정한다.

국가가 이런저런 정책에 실패할지라도 크게 우려하지 말자. 이는 국가에 대한 경계심을 높여주며 때로 바로 교정되기도 하기 때문이다. 그러나 국가가 유토피아를 약속하며 다가올 때 긴장해야 한다. 그런 것이 실현된 역사가 없기 때문이다. 국가계획주의자의 신념이나 의도는 전혀 중요하지 않다.

프랑스 혁명가 로베스피에르는 최고가격제가 인민을 위한 길이라고 여겼을지 모른다. 아주 호의적으로 말하자면 러시아 혁명가들도 사회주의를 통해 인민을 행복하게 한다는 나름의 순수한 신념이 있었다고 할 수도 있겠다.

그러나 개인의 자유가 유린되고 민주사회가 붕괴된다면 그 신념이 무슨 의미가 있을까. 고의냐 과실이냐의 차이만 있을 뿐, 그 국가를 살아 있는 지옥으로 만든 죄과는 무엇으로도 변론할 수 없는 것이다. 국민의 행복을 위하여 출발했더라도 오용된 복지주의 정책들은 필경 우리 사회를 재분배의 아귀다툼으로 끌고 가게 마련이다. 밀턴 프리드먼도 "지옥으로 가는 길은 좋은 의도들로 포장되어 있다(The road to hell is paved with good intentions)"고 하지 않았던가.

국가주의자가 건설하는 '천국'의 모토는 한마디로 말하면 보편적 복지(the general welfare)라는 모호한 용어다. 그리고 이를 위해서 모든 자원을 장악하고 배분하는 독재 권한을 국가 지도자에게 집중하게 만든다. 프롤레타리아들의 독재를 지향한 북한과 소련은 결국 소수의 당 정치국원, 3대 왕조의 독재로 귀결되었다.

천국은 국가가 가져다 주는 것이 아니라 최소화된 국가 테두리 안에서 개인이 자유롭게, 스스로 만들어가야 하는 것이다. 자유만 달라, 천국은 개인이 만들겠다. 이것이 자유주의의 생각이다. 이제 외견상 파시즘, 공산주의가 당장 우리 체제를 장악할 가능성은 낮아 보인다.

그러나 자유의 적은 진화하여 적어도 외견상 민주국가의 모습으로 다가오기도 한다. 그것이 어느 때 지상의 천국 건설자로 나설는지 알 수 없으니, 귀 있는 자들은 들을지어다, 재앙의 때가 임하였도다!

- 김행범 | 부산대 교수, 행정학

자신을 신으로 착각한 독재자

"모든 사회주의자는 변장한 독재자다."
- 루트비히 폰 미제스, 『인간행동』

대부분의 북한 주민들은 자유가 무엇인지 잘 모른다. 그리고 북한이 주장하는 프롤레타리아 독재가 얼마나 억지스럽고 반인륜적인 것인지도 모른다. 무자비한 체제에 태어나 한 번도 자유를 누려본 적이 없기 때문이다. 나 역시 탈북할 때까지도 자유라는 말을 알지 못했고 북한의 사회주의 시스템이 지독한 독재체제라는 사실 또한 전혀 몰랐다.

6·25전쟁 당시 월남하신 조부님들이 북한에서 소유했다는 재산과 그분들이 지닌 종교 때문에 우리 가족은 저녁식사 도중에 강제로 추방되었다. 우리는 산간 오지에서 인간 이하의 멸시와 천대를 받으며 중노동에 시달리면서도 그것이 체제를 위

해 응당한 일인 줄 알았고, 고통과 슬픔을 오로지 선조의 과오 탓이라고 여기며 자책했다. 그러다가 또다시 아버님의 청년시절의 행적이 불거졌다. 우리는 정치범수용소에 끌려가게 되리라는 불안에 떨다가 쥐약을 품고 죽을 각오로 도망을 쳐 마침내 탈북하게 되었다.

한국에 와서 살게 된 지 10여 년이 지났다. 그동안 자유의 가치와 자유민주주의의 원리에 대해 깨닫게 되었다. 그리고 사회주의가 주장하는 평등이야말로 지독한 독재라는 사실을 알게 되었다.

오늘날 대한민국이 풍요로운 나라가 된 것도, 국민을 위해, 국민에 의해 운영되는 민주주의 국가가 된 것도 바로 자유민주주의라는 훌륭한 체제가 있기 때문이었다. 이를 알게 된 나는 자유민주주의에 대해 관심이 생겨 이승만 대통령에 대해 공부하게 되었고, 그분을 존경하게 되었다. 그러다가 미제스라는 유명한 자유주의 학자가 남긴 "모든 사회주의자는 변장한 독재자다"라는 명언을 만나게 되었다.

북한은 사회주의를 표방하며 프롤레타리아 독재를 외친다. 이 체제는 인간의 자유와 권리를 부정하고, 인간을 정복하고 관리할 것을 주장한다. 김일성은 북한 주민들에게 평등과 행복을 누리게 해준다고 하면서 자유를 빼앗고 권리를 박탈했다. 그리고 이를 정당화하기 위해 우상화 작업에 나서 인류 역사에 유례없는 독재를 실시했다. 그 결과 북한은 전체가 아우슈비츠보다 더 지독한 감옥으로 전락하고 말았다.

사회주의자들이야말로 자신을 신으로 착각하여 인간에 의한 인간의 다스림을 이루어내겠다는 지독한 독재자들이었다. 신이 인간에게 부여한 자유와 인권을 누구도 침범할 자격도 권리도 없다. 인간은 인간에 의해 다스려져야 할 대상이 아니라 개인의 자유의사에 의해 자율적으로 다스려져야 한다. 개인의 권리는 보호받아야 하며 그 누구도 이를 침해할 수 없다.

개인에게 주어진 자유를 최대한 보장하고 각 개인이 자신의 자유에 대해 책임질 수 있도록 보장해주는 것이야말로 인간을 위한 제도, 바로 자유민주주의 제도다. 앞으로 나는 인생의 마지막 과제로 평등이라는 감언이설에 가려진 사회주의의 비이성적이며, 비논리적인 독재의 실상에 대해 파헤치고, 자유민주주의와 시장 경제의 합리성과 효율성에 대해 연구하고 공부하려고 한다.

대한민국에서 통일의 문제는 사실상 북한의 사회주의 독재를 종결짓고, 북한 주민들에게 자유민주주의와 시장 경제체제를 선물하는 것이기 때문이다.

- 이애란 | 자유통일문화원 원장

사회 같은 것은 없다

"사회 같은 것은 없습니다. 남녀와 가족이 있을 뿐입니다. 정부는 사람들을 통하지 않고서는 아무것도 할 수 없습니다. 우리 스스로를 돌봐야 하는 것이 우리의 의무입니다."

– 마거릿 대처, 「Woman's Own(여성 자신)」(1987년 인터뷰)

TV 화면을 가득 채운 여성의 눈은 열정으로 가득 차 있었다. 말소리에는 힘이 있었으며, 진심으로 사람들을 설득하고자 하는 의지가 넘쳐났다. '참 멋지구나! 저 사람.' 그녀가 바로 마거릿 대처 영국 총리였다. 철의 여인, 대처리즘, 영국병에서 영국을 구해낸 위대한 지도자. 1982년 무렵 처음 본 그녀의 모습은 신념에 찬 사람의 전형으로 깊숙이 자리 잡았다. 그리고 그 내용까지 이해하게 되었을 때 더 깊은 감동이 밀려

왔다.

영국은 해가 지지 않는 나라였다. 세계 최초로 산업혁명이 일어났고 공장의 기계들은 쉴 새 없이 돌아갔다. 지구 곳곳에 유니언잭이 휘날리는 거대한 제국이었다. 영광은 끝이 없을 것 같았다. 그러나 추락은 한순간이었다. 영국은 유럽의 이류 국가로 전락하며 바닥으로 곤두박질 쳤다.

1979년 대처에게 영국의 운명이 맡겨졌을 때 영국은 심각한 질병을 앓고 있었다. 당시 영국의 주택, 통신, 석유 등 돈이 되는 거의 모든 산업은 국유화되어 있었다. 막대한 적자를 세금으로 메우는 일이 되풀이되고 여기에 똬리를 튼 강성노조는 연일 파업으로 정부와 국민을 협박했다. 사람들은 일해서 먹고살기보다 정부의 실업수당을 받는 길을 택했다. '복지는 확대되어야 한다'는 주장은 무오류의 절대 진리로 받들어졌다.

대처는 정면승부를 택했다. 이미 영국병은 약이 아닌 수술로만 고칠 수 있는 상태였고 대처는 길을 알기에 망설이지 않았다. 대처는 자유주의와 시장 경제의 힘을 믿었다. 그녀의 핸드백 속에는 늘 하이에크의 『자유 헌정론』이 있었다고 할 만큼 그녀는 시장이야말로 난국을 해결할 유일한 처방이라

제3부 · 사회 같은 것은 없다

확신했다. 또 국민을 설득했다. 대처는 재정적자를 야기하는 공기업을 민영화시켰다. 주식을 매각하여 영국인들이 스스로 주주가 되어 기업의 수익에 관심을 갖도록 했다. 나라야 어찌 되든 자신들의 잇속만 챙기려는 강성노조의 횡포에는 법치로 맞섰다.

무엇보다 그녀는 영국인들의 인식을 바꿔놓았다. 대처는 "사회 같은 것은 없다"고 설파했다. 대처에게 사회라는 말은 타인에게 책임을 전가하고 자신의 인생을 정부에 기대려는 나약하고 비굴한 사람들의 도피처였다. 대처는 사람들에게 자신의 삶에 스스로 책임을 지는 것이야말로 가장 도덕적이고 가치 있는 일임을 일깨웠다. 스스로를 위해, 가족을 위해 열심히 일하는 사람들이 많아져야 결국 나라도 부강해지는 것임을 분명히 했다.

많은 영국인이 대처의 신념에 동조했다. 이런 영국인의 각성은 대처의 과감한 개혁정책에 큰 힘이 되었다. 대처를 마녀라고 칭할 만큼 싫어하는 사람들도 있었지만, 그녀는 인기에 연연해하지 않았다. 그 결과, 대처는 시대에 한 획을 긋는 위대한 지도자의 자리에 오르며 영국을 구할 수 있었다.

지금 우리나라의 상황이 영국의 그 시절 위기와 같다. 공기업의 누적적자는 쌓여만 가는데 역대 어떤 정부도 감히 '민영화'라는 말을 당당히 꺼내 들지 못한다. 민간이 맡게 되면 요금만 폭등하게 될 것이라는 괴담 앞에 속수무책이었다. 기업이 고용을 기피하는 제일 큰 이유가 경직된 노동시장, 과보호되는 정규직 노조에 있음을 뻔히 알면서도 몇만 조합원이 펄럭이는 깃발 앞에 무릎을 꿇는 일이 반복되었다.

우리에게도 '사회 같은 것은 없다'고 말해줄 사람이 필요했다. 결국 세금으로 충당해야 하는 '사회적 기업' '사회적 투자' '사회적 일자리'가 범람하는 대한민국에 '이대로 가다간 60년 압축성장이 수년 내 압축추락으로 갈 수 있다'고 일침을 가해줄 사람이 필요했다. 대처의 위대함은 '정직'에 있었다고 생각한다.

그녀는 정치인이 가장 쉽게 빠지는 당장의 인기에 굴복하지 않았다. 근본적인 해결을 위해 아프지만 과감한 메스를 들이댔다. 신념과 열정으로 국민들을 설득시키고 성과를 보여줬다. 과거 영국이 그랬던 것처럼 이제 '한국병'을 앓는 우리도 힘든 선택을 해야 한다.

2013년 4월 8일. 마거릿 대처가 서거했다는 기사를 베트남

출장 중에 들었다. 베트남은 정치체제는 공산주의지만 잘살아 보겠다는 일념으로 경제체제는 자본주의를 채택했다. 대한민국을 거울삼아 무섭게 달리고 있다. 그들의 분주한 활력을 보면서 무기력증에 빠진 것 같은 우리의 현실이 대비되었다. 마음이 아팠다. 대처를 추모하며 그녀의 신념, "사회 같은 것은 없다"는 말을 다시 한 번 되뇌어보았다.

- 전희경 | 자유경제원 사무총장

미제스의 글쓰기 철학

"저술은 의견의 일치가 아니라 의견의 불일치가 그 원칙이다. 모든 사람이 찬성하고 듣기 원하는 것만을 되풀이할 뿐인 저술가는 그리 대단한 존재가 못 된다. 중요한 것은 오로지 혁신자, 반대자, 미개척 분야의 선구자, 즉 전통적인 기준들을 거부하고 낡은 가치와 관념을 새로운 것으로 대치시키는 것을 목표로 하는 사람이다. 이러한 사람은 반드시 반독재 · 반정부적이며, 대중들이 책을 사주지 않는 저술가다."

– 루트비히 폰 미제스, 『자본주의 정신과 반자본주의 심리』

2007년, 당시 나는 글 쓰는 데 한참 재미를 붙이고 있던 스물다섯 살의 청년이었다. 어떤 글을 쓸지 고민하고 계획을 세우는 과정 하나하나가 무척이나 즐거웠다. 대학생 주제에 고료 없는 칼럼도 써보고 업로드를 기다리곤 했다. 그런데 그 원고들이 첫 책 『유니크』로 확장되었다. 글쓰기는 나에게 세상일이란 한 치 앞도 알 수 없다는 사실을 알려주었다. 그것은 지금도 마찬가지다.

1984년 한국경제연구원에서 발간한 『자본주의 정신과 반자본주의 심리』는 두 개의 원고를 하나로 묶은 책이다. '현대경제사상과 경제정책'이라는 타이틀이 붙은 제1부는 1979년에, '반자본주의 심리'라는 제목의 제2부는 1972년에 각각 발표됐다. 이는 『나를 깨우는 33한 책』에서 안재욱 교수의 추천을 받은 책이기도 하다.

대학생이던 내가 이 책을 읽기로 결심한 이유는 다른 게 아니었다. 자유주의 번역 시리즈 '제2권'이었기 때문이다. 2005년부터 자유주의 시리즈를 손 닿는 대로 탐독하고 있었지만 그 무렵부터는 한 권도 놓치고 싶지 않았다. 그래서 그때까지 읽지 않은 책들을 번호가 낮은 것부터 하나하나 섭렵해나가자고 생각했고, 이 책이 첫 번째였다.

루트비히 폰 미제스는 자유주의(Libertarianism)의 구루가 아닌가. 그의 논문과 강연집을 모아놓은 이 책은 그 자체로 하나의 잠언집이다. 이를테면 다음과 같은 구절은 21세기에도 여전히 유용하다.

"시장은 어떤 장소가 아니다. 그것은 하나의 과정(process)이며, 그 안에서 매매와 생산과 소비에 의해 개인들이 사회의 전체적 운용에 기여하는 양식이다."

미제스는 루소를 비판하기도 한다. 삼십대 초반인 지금에 와서도 나는 글을 쓸 때 이 책에 표현된 관점을 참고하고 있다.

"루소의 유명한 말에 이런 것이 있다. '인간은 자유롭게 태어났지만, 어디에서나 속박되어 있다.' 이 말이 옳게 들릴지는 모르나, 사실 인간은 자유롭게 태어나지 '않는'다. 인간은 아주 연약한 젖먹이로 태어난다. 양친의 보호가 없다면, 즉 사회가 양친에게 부여한 보호역할이 없다면 인간은 생명을 유지할 수 없을 것이다."

이 구절들이 그나마 '예측 가능한 감동'이었다면 어떤 문장은 미처 '예측하지 못했던 충격'으로 나에게 다가왔다. 바로 서두에 인용한 글이다. 미제스가 글 쓰는 사람의 태도에 대해 직접적으로 언급하리라고는 생각하지 못했던 까닭이다. 이른바 대세에서 어긋나는 논조로 글을 쓰는 것을 일종의 숙명으로 받아들이며 일하는 나에게 미제스의 말은 필설로 다 할 수 없는 용기를 주었다.

내가 잘 쓰고 있는 것일까, 내가 가는 이 길은 걸어갈 만한 길일까, 새롭게 준비하는 책은 어떤 것이어야 할까…….

글을 쓰면서 맞닥뜨리게 되는 수많은 질문들 앞에서 나는 종종 미제스의 글쓰기 철학을 반복해 읽는다. 그리고 내가 얼마나 혁신의 편에, 미개척의 편에, 새로움과 반독재의 편에 서 있는지를 점검한다. 그는 비단 자유주의 철학에서만이 아니라 글쓰기의 측면에서도 나의 세계에 햇살을 드리워주고 있는 것이다.

- 이원우 | 미디어펜 기자

제4부

결국 시장의 힘을
믿어야 하는 이유

"이익은 결코 부도덕하지 않다. 이익은 건전한 경제의 버팀목이다.
따라서 그 이익을 얻지 못하도록 금지하는 것이 오히려 부도덕하다."
—— 스티브 포브스 · 엘리자베스 아메스, 「자본주의는 어떻게 우리를 구할 것인가」

도시에 대한 무지를 경계함

"인구 100만 명 이상이 모여 사는 메트로폴리탄 지역에 사는 미국인은 소규모 도시 지역에 거주하는 미국인에 비해 평균 50퍼센트 이상 생산성이 높다. 근로자들의 교육 경험 종사산업을 따져봐도 똑같다. 도시와 시골의 소득격차는 다른 선진국에서도 마찬가지로 큰데, 가난한 국가들에서 이 격차는 더욱 크다."

"우리는 환경운동가들의 이해력이 낮다는 것을 알고 있다. 도시는 촌락보다 훨씬 친환경적이다. 자연을 사랑한다면서 자연에 사는 사람들이 도시민보다 훨씬 에너지를 많이 소비한다."

"아이디어들은 혼잡한 도시에서 사람들 사이로 확산되어간다. 이런 지식의 전파가 인간의 창조성을 만들어낸다."

"도시빈곤의 역설은 도시가 가난을 해결하면서 더욱 늘어난다는 점이다. 도시 인근의 가난한 사람들이 도시로 몰려들고 도시는 다시 가난해지는 것처럼 보인다."

"우리가 아는 거의 모든 종류의 문화는 도시에서 태어난다. 도시야말로 문화를 가능하게 하고 관람객을 만들어낸다."
- 에드워드 글레이저, 『도시의 승리』

에드워드 글레이저의 『도시의 승리』를 읽었을 때, 나는 머리를 한 대 맞은 기분이 들었다. 지금까지 들어왔던 도시에 대한 비판들과는 관점이 다르다. 책의 부제는 '도시는 어떻게 인간을 더 풍요롭고 행복하게 만들었나'다. 하버드 대학교 경제학과 교수인 저자는 우리에게 도시에 대한 전혀 다른 인식의 지평을 보여준다.

대부분 문명비평가들은 도시를 비난하고 폄훼한다. 도시는 더럽고 혼잡하며 비인간적인 공간이라는 것이다. 그들은 도시는 대다수가 빈곤하고 인간이 인간을 소외시키는 황량한 곳이라고 말해왔다. 도시의 이런 부정적인 측면에 반해 농촌이나 촌락은 인간 사이에 진정한 이해와 따뜻한 협력이 이루어지고 환경이 보호된다고 했다. 에드워드 글레이저는 이 책에서 이런 터무니없는 주장에 대해 역사적인 검토와 실제적인 증거를 통해 논박하고 있다.

우리는 수업 시간에 도시를 증오하고 촌락을 동경하도록 교육받고 자라난다. 학교에서는 도시에 대해 겉으로는 화려해 보이지만 실상은 비인간적이라서 광범위한 인간소외 현상이 나타난다고 가르친다. 도시는 환경을 파괴하고 쓰레기를 양산하는 주원인이고, 도시의 뒷골목은 범죄의 소굴이라는 이미지로 각인시킨다. 그래서 자연으로 돌아가라거나 촌락생활을 동경하는 것이 인간성을 회복하는 진정한 길인 양 교육받아왔다. 그러나 이는 사실이 아니다.

만일 도시가 그런 비인간적 공간에 불과하다면 인류의 대부분이 도시에 거주하는 현상을 어떻게 설명할 수 있단 말인가. 에드워드 글레이저 교수의 주장이 아니더라도 우리는 도시야말로 기술과 문화를 만들어내고 증명하는 문명 그 자체라는 점을 인정해야 할 것이다. 도시 없는 문명이란 존재하지 않는다. 아니, 문명의 형성과정 자체가 도시가 만들어지는 과정이다. 문명은 도시에서 생겨난다. 도시에서 태어나지 않은 문명은 없다.

글레이저 교수의 계산에 따르면 도시는 촌락사회보다 훨씬 에너지 절약적이고 친환경적이다. 도시를 폄하하고 촌락적 자연환경을 보호하자는 일부의 의견이야말로 반문명적이며, 에너지 과소비를 부추기는 주장이다.

사실 우리는 도시에 대해 아직도 잘 모르고 있다. 저자가
「한국어판 서문」에서 강조하고 있듯이 한국의 놀라운 경제성
장의 일부도 도시화에 그 몫이 돌아간다. 도시는 분업을 확산
시키고 지식을 교환하게 하며 집적과 집중의 효율을 만들어낸
다. 사실 자연적 촌락 구조에서는 지식이 형성될 이유도 없고,
형성되지도 않는다. 그 어떤 경제적 분업도 불가능하다. 복합
적 생산 활동을 전개하는 기업도 생기기 어렵다. 도시야말로
지식과 직업과 창조적인 협동 체제를 만들어낸다. 바로 그런
점이 생산성을 자극하고 인류의 문명을 인도해간다.

그런데 의외로 많은 사람들이 자연주의 삶을 예찬하면서 농
촌으로 돌아가라고 주장하고 있다. 물론 은퇴 후 평온한 삶을
꿈꾸는 자들은 자연에서의 한가로운 생활을 선택할 수 있다.
치열한 생산 활동에서 벗어나 온전히 자기 자신에게 집중하는
노후의 평안를 기대할 권리가 있다.

그러나 이런 노년의 삶에 대한 동경이 도시문화를 폄훼하
거나 비난할 그 어떤 근거도 되지 않는다. 문명에 대한 무지와
이해 부족이 도시를 부정하는 생각으로 이어진다. 은퇴한 노
인들은 건강상의 이유로 결국 도시의 대형 병원에 의지할 수

밖에 없다. 이처럼 문명의 지지 없이는 평화로운 노후도 없다. 도시의 시스템과 문화가 없다면 누구라도 고통스럽고 비참한 노후를 보내야 할지 모른다.

도시가 없어진다면 세상이 평화로운 촌락이 될까? 아니, 가난하고 비협조적이고 배타적이고 폐쇄적이며 비효율적인 삶으로 돌아갈 뿐이다. 인습이 판을 치고 개방을 두려워하며 활동 영역은 줄어들 것이다. 주거공간을 벗어나면 전투적 배타성에 집착하는 전통사회가 기다리고 있을 것이다. 병원과 대학이 문을 닫고 직업 없이 전통적 생산구조에 연연하며 신분제적 질서로 돌아가는 반문명화 현상이 일어나게 될 것이다. 이는 도시를 부정할 때 생기는 결과다.

그럼에도 자연으로 돌아가자는 좌익적 슬로건이 우리 사이에서 메아리 치고 있다. 문명화 과정을 비인간화의 과정으로 보는 것은, 문명화의 결과로 비로소 생겨난 관념(휴머니티)을 들고 그 이전의 억압적·구속적 환경을 동경하는 일종의 개념 혼돈에 지나지 않는다. 도시에 대한 이해는 서울 같은 대도시에서는 더욱 필요하다.

그러나 지금 서울의 도시행정은 거꾸로 가고 있다. 촌락공동체를 연상케 하는 마을 육성 운동에서부터 협동조합 운동,

그리고 도시농업에 대한 기이한 캠페인을 벌인다. 이처럼 자연주의적이고 촌락적 취향에 매몰된 사업들에 과도하게 몰두한다.

도시는 도시답게 재구성될 때 비로소 활력을 갖게 된다. 도시에 대한 폄훼는 문명과 인간에 대한 몰이해의 결과다. 에드워드 글레이저는 도시에 대한 이해를 교정함으로써 세계의 진면목을 우리 앞에 가감 없이 드러낸다. 그리고 문명을 살려낸다.

- 정규재 | 한국경제신문 주필

남을 돕고 싶다면 먼저
자기 돈을 내라

"소득재분배의 재원은
이것이 통과되도록 표를 준 집단이 부담해야 한다."
– 리처드 엡스타인, 『복잡한 세상, 단순한 규칙』

리처드 엡스타인 교수는 위의 문장을 통해 남을 도와주고 싶은 사람은 자기 주머니를 열라고 말하고 있다. 불쌍한 사람을 도와주자고 하면서 그 재원에 대해서는 외면한다든가, 또는 이른바 부자증세처럼 남들 돈으로 하자는 것은 부당하다. 또 복지정책을 제안하거나 지지하려면 그에 필요한 세금을 부담할 생각부터 해야 한다는 말이기도 하다.

우리 사회가 안고 있는 갈등의 상당 부분은 정치인들, 지식인들, 시민운동가들이 남의 돈으로 대중에게 인심을 쓰기 때문에 생긴다. 무상급식, 무상보육, 무상의료 같은 정책이 모두 남의 돈으로 만든 정책들이다. 자기 돈이 들지 않기 때문에 재원

조달의 가능성 같은 것에는 애초에 관심도 없다. 당연히 그렇게 결정된 정책들은 재정 파탄으로 이어진다. 그런 정책을 주장하는 사람들에게 먼저 당신 재산부터 헌납하라고 한다면 감히 그런 제안을 하지는 못하리라는 것이 엡스타인 교수의 생각이다.

대형 마트를 규제해서 재래시장을 살리자는 정책도 마찬가지다. 재래시장이 죽어가는 것은 소비자·유권자 들이 재래시장에 가지 않기 때문이다. 재래시장을 살리고 싶다면 유권자들 스스로 재래시장에서 물건을 사면 된다. 그러면 누구도 대형 마트를 만들지 않을 것이다.

그런데 말로는 재래시장을 보호하자면서 실제 구매는 대형 마트에서 하기 때문에 재래시장은 살아나지 않는다. 자기는 마트에 다니면서 마트 때문에 재래시장이 죽는다고 말하는 사람은 자기모순에 빠진 것이다. 엡스타인 교수라면 그런 이들부터 대형 마트에 못 가게 하거나 재래시장만 가도록 의무화해서 자기 말에 대해 책임을 지라고 할 것이다.

물론 남을 돕는 것은 선한 일이다. 자선이 의무는 아니지만 자기 이익만 챙기는 것에 비해 훌륭하다는 사실에 이론의 여지가 없다. 그러나 단서가 있다. 남을 돕는 돈은 자기가 내야 한다는 것이다. 그 동기가 무엇이든 A를 돕기 위해 B의 돈을 약탈하는 행위는 옳지 않다. 개인적인 자선이든 국가 차원에서의 복지정책이든 남을 돕고 싶다면 자기 돈을 내서 해야 한다. 무책임하게 선심성 정책들을 남발하는 정치인들과 시민운동가들과 지식인들에게 꼭 필요한 말이 바로 리처드 엡스타인 교수가 남긴 저 한마디다.

위 구절은 『복잡한 세상, 단순한 규칙(*Simple Rules for a Complex World*)』라는 책에서 인용했다. 엡스타인 교수는 고전적 자유주의를 표방하는 법학자인데, 법경제학의 최근 이론들에 정통할 뿐 아니라 영국의 보통법(Common Law) 판례들에 대해서도 해박한 지식을 가지고 있다. 그의 책들이 곧 한국어로 번역되어 읽히길 바란다.

- 김정호 | 프리덤팩토리 대표 / 연세대 특임교수

모든 사람은 세금을 내기 싫어한다

"우리의 획기적인 조세개혁안에 대한 사람들의 반응은
다음 세 단계로 나타난다.
첫 단계 반응은 '제대로 작동하지 않을 미친 제안이니,
내 시간 낭비하지 마라.'
두 번째 단계는 '이 안은 가능하지만, 하지 않는 게 낫다.'
세 번째 단계는 '이 안은 내가 항상 좋은 것이라 얘기했으며,
난 이런 생각을 자랑스럽게 생각한다.'"

– 로널드 레이건

레이건 대통령은 자유주의 사상을 정책으로 실현한 대표적인 정치인으로 자유주의 진영에서 가장 존경받는 인물이다. 그가 재임한 1981~1989년은 세계가 자유주의와 사회주의 양 진영으로 나뉘어 극히 대립하던 시기였다. 따라서 사상 측면에서도 큰 정부와 작은 정부 철학이 치열하게 경쟁했다. 자유주의 진영에서는 미제스와 하이에크 등이 자유주의 이론을 발

전시켰지만, 현실 정책에 반영한 이들은 영국의 대처 총리와 미국의 레이건 대통령이었다.

자유주의 사상은 민간의 경제적 자유 수준을 높이면, 국가의 경제성장으로 이어진다는 논리를 제공했다. 하지만 그 당시 세상은 자유주의 사상에 대해 우호적이지 않았다. 오히려 집단논리를 강조하는 사회주의 사상이 더 매력적으로 정책에 반영됨으로써, 많은 국가들은 큰 정부 철학을 받아들였다. 정부의 크기는 조세정책 방향을 통해 극명하게 나타난다. 큰 정부를 유지하기 위해서는 높은 세금정책을 펴야 하기 때문이다.

따라서 레이건 대통령이 집권하던 1981년 이전에는 소득세제의 최고한계세율이 70퍼센트에 달했다. 지금으로는 상상하기 힘들다. 하지만 복지확대를 위해서 세금을 높이되, 부자에게 더 많이 부과함으로써, 소득재분배 기능을 높일 수 있다는 사고였다. 따라서 높은 세금과 높은 복지는 정부의 선한 정책으로 생각되던 시기였다. 그때는 정부가 천사라는 사고가 지배적이었다.

레이건의 세금정책 뿌리는 자유주의 사상에 있다. 세금은 궁극적으로 민간경제의 경제적 자유를 위축시킨다. 따라서 세금을 낮춤으로써 경제를 활성화시키면, 세율을 낮추더라도 세수가 커질 수 있다는 논리를 폈다. 이것은 그 당시 큰 정부 사상에 익숙한 세상에서는 획기적인 아이디어였다. 레이건은 소득세제의 최고한계세율을 70퍼센트에서 50퍼센트로서 대폭 인하했다. 아울러 기업에 대한 세금 부담도 대폭 낮추었다. 이러한 정책은 너무나 독특했기에 레이건의 세금정책은 '공급주의 경제학(supply-side economics)' 또는 '레이거노믹스(Reaganomics)'라는 신조어를 탄생시켰다.

지금도 대통령 또는 대통령 후보의 이름에 경제학을 붙이는 경우가 종종 있는데, 그 출발은 레이건 대통령이었다. 그만큼 새로운 아이디어이므로, 국민들에게 신선하게 접근할 수 있었고 지지를 효과적으로 이끌어낼 수 있었다.

레이건의 공급주의 경제학이 실제로 작동했는지에 대한 실증분석 결과는 다양하게 나타나서, 이 구조를 비판하는 학자들도 많다. 그러나 이 이론은 일반 국민들의 직관을 통해 쉽게 이해할 수 있었으므로, 정책을 지속적으로 추진할 수 있었다.

레이건 대통령은 영화배우 출신답게 새로운 정책에 대해 국민들을 설득하는 데 능숙했다. 새로운 아이디어를 비판하는 세력에는 유머로 대처하며 역공을 펼쳤다. 레이건 세금정책은 자유주의의 심오하면서 확고한 사상에서 나왔으므로 그 이론이 단순하다. 이론의 단순함은 국민을 쉽게 설득할 수 있고, 특히 반대 진영의 논리를 이길 수 있는 최고의 무기다. 본래 이론이 복잡하면 사상도 심오하지 않아서 반대논리를 극복하기가 어려운 법이다.

레이건 대통령은 자유주의 사상을 바탕으로 한 조세정책에 확신이 있었다. 모든 사람이 세금을 싫어하므로, 세금을 낮추면 신바람이 나서 열심히 일할 것이라는 누구나 가질 법한 직관에 정책을 집중했다. 그래서 반대 진영에 대해서도 유머를 구사하며 위의 구절처럼 설명했다. 얼마나 멋진 표현인가.

정책은 사상에서 나온다. 사상이 없으면 정책은 방향을 잃는다. 오늘 국민이 이런 방향을 원한다는 여론조사가 나오면 그 방향을 정하고, 내일 다른 여론조사가 나오면 다른 방향을 정한다. 정책에 혼란이 생기면, 경제주체들은 절대 열심히 일하지 않는다. 지도자의 정책은 단순하면서 확고하게 제시해야 한다. 그러기 위해서는 사상을 가져야 한다. 정치 지도자들에게서 사상을 읽을 수 없는 것이 지금 우리의 현실이다. 대부분 우리 정치인들에게 사상은 여론조사 결과다. 이런 정치인들로는 한국은 절대 선진국이 될 수 없다.

레이건 대통령의 세금정책은 획기적이었다. 오늘날 당연하게 여기는 낮은 세금정책으로 역사적 흐름을 바꾸었다. 새로운 아이디어는 항상 비판받게 마련이다. 그러나 레이건 대통령은 반대 진영에 대해 유머로 세차게 받아쳤다.

우리는 언제쯤 레이건 같은 위대한 대통령을 가질 수 있을까.

- 현진권 | 자유경제원 원장

시장은 마술주문이 이루어지는 곳

"자본주의는 본질적으로 타인의 요구에 대한 지향인
이타주의를 선호한다."
- 조지 길더, 『부와 빈곤』

1996년쯤으로 기억한다. 조선일보사 모스크바 특파원으로
일하고 있었던 때의 일이다. 당시 러시아는 막 시장 경제가 도
입되던 초창기라 혼란을 겪고 있었다. 기존의 국가 배급체제는
붕괴됐지만, 아직 시장이 이를 제대로 대체하지는 못한 상태였
다. 물건을 사려고 해도 어디에 가야 살 수 있는지조차 불투명
하던 시절이었다.

거주하고 있던 쿤체보 지역에 자생적으로 생겨난 장터가
한 군데 있었다. 처음에는 온갖 잡동사니가 거래되는 곳이었
다. 상품이라야 할머니들이 집에 있는 물건을 내다 파는 정도

였다. 그런데 시간이 흐르면서, 망치, 못, 톱 등과 같은 공구를 파는 사람들이 주로 모이는 장소로 변하기 시작했다. 그러더니 그곳은 점차 목재, 벽돌 등이 거래되는 '건축자재 시장'으로 진화해갔다. 입소문이 나기 시작했으며, 모스크바에서 건축 관련 도구나 자재가 필요한 사람들이 이곳으로 몰려들기 시작했다.

처음 이곳에 갔을 때 시장은 너무 원시적이었다. 그냥 길거리에 물건을 깔아놓고 파는 형국이었다. 물건도 제각각이었으며 상인들도 전문성이 없었다. 그래서 필요한 못을 사느라고 온종일 돌아다녀야 했다. 그런데 몇 달 뒤에 가보니, 가건물이 들어서고 상품도 종목별로 분류되어 판매되고 있었다. 필요한 물건을 찾기 어렵지 않았다. 당시 책장 때문에 널빤지를 사면서, "원하는 크기대로 잘라주면 좋을 텐데"라고 생각했다.

놀라운 사실은 다시 몇 달 뒤에 갔더니, 널빤지는 물론 목재를 가공해서 파는 상점이 성업하고 있었다. 본격적인 건물이 들어서고, 필요하다면 톱질은 물론 페인트칠도 해주었다. 그리고 시장 안내 광고지도 출현했다. 이때 이곳을 돌아다니면서 "커피 파는 곳이 있으면 좋을 텐데"라고 생각했다.

필자가 "뭐뭐 하면 좋을 텐데"라고 읊조린 말은 '마술주문'이 되었다. 이 주문을 외운 뒤, 몇 달 뒤에 가보면 꼭 그대로 실현돼 있었다. 한국 시장에서나 볼 수 있는 커피 아주머니들이 등장했으며, 시간이 더 흐른 뒤에는 음식점과 커피숍도 나타났다. 필요하다고 원하면 이내 등장하는 것이었다.

문득 "시장은 마술주문이 이뤄지는 곳이네"라는 생각이 들었다. 내가 필요로 하는 것은 다른 사람도 필요로 하는 것이며, 이러한 마술주문을 빨리 읽고 그 요구를 충족시키는 사람이 기업가라는 생각이 들었다.

아! 그때 나는 아르키메데스가 목욕탕에서 물이 넘치는 것을 보고 "유레카"를 외친 것, 또는 뉴턴이 사과 떨어지는 것을 보고 만유인력을 깨닫게 된 순간과 같은 환희를 느꼈다.

나는 한때 마르크스주의에 심취해 있었다. 그러나 소련의 현실을 보고 하이에크를 읽으면서 사회주의 현실과 이론의 모순을 깨달을 수 있었다. 그러나 자본주의는 여전히 잘해야 '필요악'이었다. 마치 파우스트 박사가 악마와 타협하듯 어쩔 수 없는 현실 때문에 자본주의를 인정할 뿐, 자본주의에게서는 도덕적 정당성을 찾을 수 없었다. 대안이 없어서일 뿐, 여전히 자본주의는 지양되어야 할 존재로 여겨졌다.

내가 잘못 독해했는지 모르겠지만, 하이에크나 밀턴 프리드먼을 읽으면서 갈증을 느꼈던 것은 집단주의에 대한 탁월한 비판과 자유에 대한 찬양에도 불구하고, 그들의 논거는 매우 실용주의적(pragmatic)이며 공리주의적 한계를 벗어나지 못했다는 느낌을 받았기 때문이다. 즉 자본주의에 신학(theology)을 부여하거나, 자본주의의 결과물들을 정의(justice)로 해석하게 만드는 데는 2퍼센트 부족하다고 느꼈다.

그런데 이 당시 어느 러시아 기자가 복사를 부탁하는 바람에 알게 된(당시 러시아에서 복사기는 귀한 물건이었다. 복사해주면서 재미있을 것 같아 내 것도 한 부 더 복사했다.) 조지 길더의 『부와 빈곤』에서 읽은 (처음에는 이해되기는커녕 구역질까지 느꼈던) 구절들이 '자생적 질서' 속 진화하는 러시아 건축자재 시장을 지켜보면서 차차 이해되기 시작했다. 자본주의의 기본 토대는 잉여노동에 대한 착취가 아니라, 타인의 요구(needs)를 충족시키려는 기업가들의 혁신에 있다는 사실을 뒤늦게 이해하게 된 것이다.

이 사실을 이해하는 데 왜 그리 오랜 시간이 걸렸을까. 안타깝게도 모스크바에서 얻은 복사본은 지금은 어디 갔는지 찾을 길이 없다. 그래서 2012년에 출판된 '21세기용 개정판' 『부와

빈곤』을 샀다. 이것으로 러시아에서 저지른 저작권 위반 행위

를 용서받을 수 있었으면…….

- 황성준 | 문화일보 논설위원

기업의 이익을 왜 부도덕하게 보는가

"이익은 결코 부도덕하지 않다. 이익은 건전한 경제의 버팀목이다.
따라서 그 이익을 얻지 못하도록 금지하는 것이 오히려 부도덕하다."
– 스티브 포브스·엘리자베스 아메스, 『자본주의는 어떻게 우리를 구할 것인가』

최근 국제 유가가 배럴당 50달러 이하로 내려가고 있다. 유가 하락의 근본 원인은 미국이 셰일 가스와 셰일 오일(타이트 오일)을 대량 생산해내는 데 있다. 미국은 진흙이 쌓여 만들어진 퇴적암층인 셰일 층에 존재하는 천연 가스를 뽑아내고 있다. 서울 여의도 63빌딩 높이의 일곱 배에 달하는 거리를 지하로 파고들어가 물과 화학약품을 고압 분사하여 암석층에 균열을 낸 뒤 가스를 뽑아 올린다.

물론 전혀 새로운 가스를 찾아낸 것은 아니다. 그동안 기술 부족과 높은 비용 때문에 셰일 층에 묻혀 있던 가스와 석유를 생산하지 못하다가 그리스계 미국 이민자인 조지 미첼 (George Michell)이라는 채굴업자가 오랜 각고의 노력과 실험 끝에 1998년에 상용화한 뒤 오늘에 이르고 있다. 후발업체는 채굴 기술을 더욱 발전시키고 표준화하여 더욱 낮은 비용으로 셰일 가스와 오일을 뽑아 올리고 있다(『조선일보』, 2013년 5월 23일자 참조).

'이익'을 창출하기 위한 조지 미첼의 이러한 노력이 미국 에너지 가격을 하락하게 했고, 외국에 나가 있던 미국 공장들을 국내로 돌아오게 했다. 또한 가스와 함께 타이트 오일 생산으로 미국은 사우디아라비아를 제치고 세계 제1의 석유 생산국으로 다시 자리매김하고 있다. 나아가 석유와 가스 수입이 감소되어 미국은 골칫거리였던 국가 부채도 급속히 줄여가고 있다.

미국의 셰일 가스 수출이 가속화되는 2017년부터는 세계 에너지와 세계 경제에 미치는 영향력이 더욱 커져 국제정치적으로도 미국의 독주시대(America's unipolar age ; U.S. hegemony)가 도래할 것이라 예상되고 있다.

한 채굴업자가 '이익' 달성을 위해 각고의 노력을 기울인 결과, 유가, 전기 요금, 가스 요금 등이 낮아지는 결과로 이어졌다. 이는 고유가와 고물가로 고통 받던 서민들에게 가뭄의 단비와 같은 혜택이었다. 즉 저소득층 가정에 실질적인 도움이 되고 있는데, 이것도 일종의 '자선'(慈善)이라면 자선이다. 기업과 개인의 '이익' 추구가 '자선'으로 이어지는 사례다.

그런데 누가 개인과 기업의 이익 추구를 부도덕하다고 말하는가? 아이폰(iPhone)과 아이팟(iPod)으로 인간의 커뮤니케이션 본능을 만족시키고, 언제 어디서든 아름다운 음악을 즐길 수 있게 해준 스티브 잡스의 노력은 '이익' 때문이 아니라 숭고한 인류애 때문이었는가? 인류에게 기쁨을 가져다 준 잡스와 그 동료들의 노력이 도덕책에 적혀 있는 숭고한 윤리, 도덕, 자비심 때문이었다고 보는가? 적어도 신제품 개발의 출발은 개인과 기업의 이익 때문이었다.

자본주의는 '탐욕'이라고 비난받을 수 있는 '자기 이익'(self-interest)에 근거해 유지된다. 하지만 결코 그 '탐욕'은 개인의 '욕심'으로 끝나지 않고 인류사회의 '이익'으로 끝나게 된다. '이익'이 크면 높은 수익을 올리려고 많은 생산자들이 참여하여 공급량을 늘리게 되고, 시장에서 경쟁력을 갖기 위해 물건 값은 더욱 떨어지게 된다. 그리고 낮은 물가는 서민 가계에 도움이 된다.

예를 들면 자동차 가격은 10년 전이나 20년 전보다 훨씬 싸지고 성능과 연비는 더욱 좋아졌다. 차의 종류도 다양해졌다. 서민들도 이제 과거보다 성능이 좋은 차를 싼 가격에 구입할 수 있게 되었다. 과거 벽돌만한 크기였던 무선전화는 손안에 쏙 들어오는 핸드폰으로 작아지고 가격도 저렴해졌다. 스마트폰으로 통화만을 위한 전화에서 오디오, TV, 컴퓨터, 카메라, 게임기, 계산기, 노트 등 온갖 기능이 가능해졌다. 기업이 이익을 추구하면서 우리의 다양한 욕구를 만족시키고, 행복을 가져다 주게 된 것이다.

그렇다고 스마트폰 제조를 통해 기업이 얻는 이익이 크다고 '초과 이익세'를 매긴다면, 그것이 사회 정의를 실현하는 일이고 또 세금도 늘어나게 해주는가? 그렇지 않다. 기업은 오히려 초과 이익을 내지 않도록 적당히 기술을 개발할 것이고, 결국 기업은 시장 경쟁에서 뒤처져 끝내 문을 닫게 되면 세금도 낼 수 없는 것이다. 그러면 정부는 무상급식, 무상보육 등 복지 분야에 쓸 돈이 없어 실질적으로는 서민이 피해를 보게 되는 결과를 초래하게 된다.

개인과 기업의 이익 추구를 막는다면 값싼 전기도, 값싼 기름도, 값싼 난방도 없고 성능 좋은 자동차도, 다양한 기능의

스마트폰도 없다. 따라서 기업의 이익은 결국 우리를 행복하게 해주는 원천이지 결코 부도덕한 것이 아니다. 기업의 이익이 있어야 일자리도 보장된다.

따라서 그 이익을 얻지 못하도록 정부와 사회가 금지하는 것이 오히려 부도덕하다. 이익을 많이 내기 위해 전통시장을 살린다고 대형 마트의 영업을 금지하면 한밤중에 분유가 떨어진 엄마는 아기를 굶길 수밖에 없다. 자정 넘게 문을 여는 전통시장은 없는데 대형 마트를 문 닫게 한 정치인들의 무지(無知)와 자만(自慢), 그리고 부도덕한 양심(良心) 때문에 이런 일도 벌어질 수 있는 것이다.

대형 마트이든 대기업이든 '초과이익'이란 없다. 초과이익으로 세금을 과하게 매길 때 세금 자체가 사라져버리거나 서비스를 받지 못하게 된 서민은 고통을 받게 된다.

'이익'은 건전한 경제의 버팀목이고 우리 행복의 기초이며, 인류 미래의 번영을 견인하는 원동력이다. 스티브 포브스는 한 구절로 명쾌하게 자유시장 자본주의(free market capitalism)를 설명하고 있다. 내게는 항상 감동적인 구절이다.

- 김인영 | 한림대 교수, 정치행정학

기업가는 시장 경제의 봉사자들이다

"기업가와 자본가들은 무책임한 독재자들이 아니다.
그들은 무조건 소비자들의 주권에 복종한다. 시장은 소비자 민주주의다.
혁명적 조합주의자들은 소비자 민주주의를
생산자 민주주의로 바꾸고 싶어한다.
생산의 유일한 목적이 소비이기 때문에 이 사상은 오류다."
– 루트비히 폰 미제스, 『인간행동』

흔히 유치원 어린이에게 가족에 대해서 말해보라고 하면, 엄마는 자기를 먹여주고 놀아준다고 한다. 심지어 냉장고도 맛있는 것을 잘 보관해주는데, 놀아주지도 않고 밥만 먹으면 나가버리는 아버지는 도대체 무엇을 하는 존재인지 잘 모른다고 하는 우스개 이야기가 있다. 세상을 잘 모르고 자기 눈에 보이는 것만으로 판단하려다보니 그런 이야기가 나온다. 아버지가 돈을 벌어오는 모습을 아이는 볼 수 없기 때문이다.

영국의 유명한 페이비언 사회주의자 비어트리스 웹의 사고

방식도 이 유치원 어린이와 같다고 할 수 있다. 그녀는 부유한 사업가인 아버지와 부유한 상인의 딸인 어머니 밑에서 자라고 일을 배웠는데, 그 경험을 바탕으로 기업가를 자신들의 행동에 대해 책임을 지지 않는 독재자라고 본 망상을 가졌다(『나의 도제 생활*My Apprenticeship*』).

그래서 그녀는 남편 시드니 웹과 함께 사회주의 운동에 헌신했다. 이른바 최근 유행한 말로 '강남좌파'가 된 것이다. 그녀는 자신의 부모가 종업원들에게 명령을 내리는 모습만 보았지, 부모가 시장에서 소비자들의 명령(order, 주문)을 받아 생산 공급한다는 것은 보지 못했다. 좋은 집에서 좋은 부모 만나서 배울 대로 배운 사람조차도 시장 경제를 전체적으로 보지 못하면 유치원 어린이처럼 헛똑똑이가 될 수밖에 없다.

이처럼 시장 경제를 통해 자신이 필요한 것을 구하면서도, 시장 경제의 본질을 파악하지 못하는 사람들이 의외로 많다. 그러다보니 시장에서의 교환은 '자동적인 것'으로 간주하고 외면하면서, 오직 회사 내에서의 명령과 배분에만 눈을 돌려 울분을 토한다. 시장거래를 보지 못하면서 이를 제대로 볼 수 있는 안경을 맞추려고 하지 않다보니, 결론은 회사를 점거(occupy) 몰수하는 쪽으로 외길로 치닫는다. 웹 부부의 산업민주주의나 조르주 소렐의 혁명적 조합주의 주장 모두, 시장은 모르고 '생산자 민주주의'만 외치는 이런 근시안적 사고의 산물이다.

자유주의 경제학자 미제스는 경제의 본질이 시장에서의 교환이고, 이에 주목하면 시장에서 기업가와 자본가가 하는 역할이란 '봉사'라는 사실을 알 수 있다고 했다. '초콜릿 왕'은 정치세계에서의 다른 왕과 달리 지배하고 군림하는 것이 아니라 봉사하는 것이라고 했다. 비록 웹 부부는 보지 못했지만, 기업가와 자본가들은 자신들의 사활이 소비자의 선택에 달려 있음을 잘 알기에 그들의 마음을 얻기 위해서 애를 쓴다.

그래서 시장 경제는 소비자에 대한 봉사를 위주로 하는 봉사주의(servicism) 경제다. 미제스는 미국 경제학자 프랑크 페터의 말을 빌려 시장 경제가 소비자 주권이 힘을 발휘하는 곳이고, 소비자 민주주의의 현장이라고 했다. 소비자들은 그들이 쓰는 한 푼 한 푼으로 모든 생산공정의 방향과 모든 사업활동의 조직에 관한 사항을 결정하게 하기 때문이다.

미제스는 여기서 더 나아가 시장의 소비자 민주주의는 소수의 뜻이 반영되지 않는 정치적 민주주의보다도 훨씬 더 낫다고 했다. 시장에서는 소수가 찾는 서비스를 공급하는 사람도

자리를 잡을 수 있기 때문이다.

미제스의 이러한 주장은 거꾸로 서 있던 애덤 스미스의 주장을 바로 세운 것이다. 애덤 스미스는 이기적인 행위를 했지만 본의 아니게 이타적인 것으로 되었다고 했다. 하지만, 미제스는 이와 달리 실제로는 동기가 이기적이든 이타적이든 상관없이 시장에서는 이타적인 행위만 있다는 것이다.

이 점을 제대로 알아차려야 한다. 그렇지 않으면 시장봉사자들이 이타적 행위자들임에도 탐욕스럽고 이기적인 못된 사람들이라고 오해한 나머지 그 봉사자들을 약탈하는 쪽으로 흐르기 쉽다. 봉사자들을 약탈했던 결과가 경제적 궁핍으로 이어진다는 사실을 우리는 근현대사에서 쉽게 찾아볼 수 있다. 국가가 사유재산을 몰수했던 소련 등 국가사회주의는 궁핍과 비효율적인 체제 때문에 자멸했고, 명령경제로 재산권의 자발적 행사를 가로막고 가난을 유대인 등 다른 민족의 탓으로 돌렸던 히틀러의 나치즘(민족사회주의)이나 무솔리니의 파시즘(국가조합주의)은 인류를 전쟁의 비극으로 몰아넣었다.

그러나 이 체제들 모두 인류에게 엄청난 고통을 안겨준 채 사라져갔다. 최근에는 피케티의 '75퍼센트 부유세' 제안을 받아들였던 프랑스 올랑드 대통령조차도, 봉사자들에 대한 약탈로는 경제가 개선되지 않음을 실감하고, 2년 만에 이를 폐기하는 것으로 물러섰다.

그럼에도 불구하고 대한민국 안에는 아직도 이러한 역사적 전환에 눈을 감고 귀를 막고 사는 사람이 있다. 아직도 마르크스주의에서 벗어나지 못한 채 봉사자에 대한 약탈을 선동하는 사람들이, 그것도 3대 세습독재의 편에 서서 선동하는 사람들이 있다. 그들도 이제는 역사에서 교훈을 얻어야 한다. 근본적으로 근시안에서 벗어나 시장의 이타주의 속성, 기업가의 봉사주의 활동을 제대로 보아야 할 것이다. 그래야만 많은 사람들과 함께 번영의 길로 갈 수 있고, 대한민국이 발전할 수 있다.

- 박종운 | 시민정책연구원 연구위원

정부의 복지가 놓치고 있는 가치

"사람들은 100퍼센트 이기적이지는 않다.
적어도 5퍼센트 정도는 이타적인 마음이 있다."
-고든 털럭, 『전제정치』

　　고든 털럭(Gordon Tullock, 1922~2014)은 미국의 경제학자
이자 법학자였다. 그는 말년에 미국 조지메이슨 대학교 경제
학과와 로스쿨에서 학생들을 가르쳤다. 제임스 뷰캐넌 교수
와 함께 공공선택론의 창시자로서 정치영역에 경제학적 이론
을 적용하여 많은 학문적 업적을 남겼다. 그를 자유주의자라
부르는 까닭은 자유로운 사상의 소유자로서 경제학·법학뿐만
아니라 사회학과 생물학 등 다양한 학문 분야에도 기여했기
때문이다. 독신으로 살았던 그의 삶도 형식에 크게 얽매이지
않는 것이었다.
　　『퍼블릭 초이스(*Public Choice*)』 학술지 전 편집장이었던 조지

메이슨 대학교 경제학과 찰스 롤리 교수는 뷰캐넌과 달리 털럭이 노벨경제학상을 받지 못한 이유가 그런 자유주의적 행동이 크게 작용했기 때문이라고 말했다. 털럭은 "노벨상 선정위원회가 과연 자신을 비롯한 모든 경제학자들의 학문적 업적을 평가할 수 있는가"라고 말했고, 이에 선정위원들의 심기를 불편하게 했다는 일화도 있다.

결국 그는 노벨경제학상은 받지 못했지만 많은 후학들이 경제학뿐만 아니라 법학, 정치학, 행정학 등에서 그의 학문적 업적을 기리고 있다.

털럭에 따르면, 사람들은 일반적으로 자기중심적으로 행동하지만 이타적인 본성도 지니고 있다고 한다(Charles Rowley 편집, *Virginia Political Economy Gordon Tullock*, 2004, p.342). 사회가 점점 복잡해지고 각박해지지만, "사람들은 적어도 5퍼센트 정도는 이타적인 마음이 있다"는 것이다.

이를 일반적인 관점으로 확대하자면, "사람들은 자신이 소유한 재산 가운데 5퍼센트 정도는 자신보다 경제적 수준이 못한 사람들을 위해서 사용할 의향이 있다"고 볼 수 있다. 털럭 교수가 말하는 5퍼센트라는 수치는 실증적으로 정확하게 분석해

보아야겠지만, 핵심은 대개 사람들에게는 남을 돕고자 하는 마음이 있다는 것이다.

이러한 주장이 사실이라면, 사람들의 이타적인 본성에 기반해 정부의 공공복지 정책을 보완할 수 있을 것이다. 정부는 조세제도를 통해 국민들에게 거두어들인 세금을 다양한 복지사업에 사용한다. 정부의 복지정책은 절대빈곤 계층의 사람들을 위해서는 꼭 필요하다.

하지만 법적으로 보장되는 복지의 수준이 어느 정도여야 하는가에 대해서는 논란의 여지가 있다. 자칫 지나친 복지정책으로 근로유인을 저하시키는 등 사회적 비용을 발생시킬 수 있기 때문이다. 무엇보다도 조세를 통한 정부의 복지정책의 문제는 민간의 복지를 위축시킬 수 있다는 것이다. 털럭 교수가 말한, 남을 돕고자 하는 기부의 대상은 자신보다 부족한 사람들이다.

그런데 제도권의 복지는 이를 엄밀하게 구분하지 못한다. 실제 복지 혜택을 받을 필요가 없는 사람들도 받는 경우가 생기고, 실질적으로는 혜택을 받아야 할 대상자이지만 제외되는 경우도 발생한다.

일부 사례이지만 부유층의 복지 수혜는 사람들의 이타적인 본성을 크게 위축시킨다. 한 복지전문가에 따르면, 제도권에서 보장하는 노령인구대상 복지정책이 오히려 자식들이 노부모를 봉양하지 않는 역효과를 일으킬 수 있다고 한다. 예컨대 기초연금액이 늘어나니 부모에게 드리는 용돈을 줄이게 되는 경우가 생긴다는 것이다.

우리에게 자유가 소중한 이유 중의 하나는 그것이 새로운 가치, 개념, 그리고 물건과 서비스 등을 창출할 수 있는 유인을 제공하기 때문이다. 복지에 관해서도 정부가 직접 개입하기보다는 민간의 이타적이고 호혜로운 마음에 근거한 자발적인 행동을 유도한다면, 다양한 복지 서비스가 생겨나 더 따뜻한 사회를 만드는 데 도움을 줄 수 있을 것이다.

- 김영신 | 한국경제연구원 연구위원

값비싼 외제차 수입,
무분별한 소비행태인가

"저개발 후진국들의 외국상품 수입이 대부분 고가품에 편중되어 있어
주제를 모르는 소비행태라고 비난받고 있지만,
이것도 사실은 수요의 법칙에 의한 합리적인 행위로 설명할 수 있다."
– 김영용 · 전용덕,『자유와 시장』

1998년 겨울, 학생회실에서 선배를 기다리며 손에 잡히는
대로 책을 훑어보고 있었다. 그런데 "외국산 자동차는 왜 고
급만 수입될까?"라는 다소 황당한 질문을 던지는 부분을 보
게 되었다. 저자들이 과연 어떻게 답을 하고 있을까 궁금해서
계속 읽어나갔는데, 그때까지 학부 미시경제학 수준이 경제학
지식의 전부였던 나는 신선한 충격을 받았다. 그동안 숙제를
하거나 시험을 치르기 위해 겉핥기로 공부했던 무차별곡선을
이용하여 무분별한 소비행태라고 비난해왔던 값비싼 외제차
수입을 저자들은 합리적인 행동이라고 설명하고 있지 않은가.

여기서 고급 외제차 수입 문제는 경제학에서 알치안 – 알렌 정리(Alchian and Allen Theorem)를 설명할 때 많이 인용하는 예다. 이 정리는 동일한 고정비용이 두 유사 상품의 가격에 부과될 때, 저급 상품에 대한 고급 상품의 상대가격이 떨어져 그 소비가 증가한다는 내용이다. 외국에서 동일한 운송비용을 들여 한국으로 들어올 때, 고급차가 상대적으로 많이 수입되는 것도 이것의 상대가격이 하락하여 수요가 증가하기 때문이다. 따라서 고급 외제차가 많이 수입되는 현상은 무분별한 소비가 아닌 수요의 법칙에 따른 지극히 합리적인 행위다.

위에서 소개하는 구절은 전남대 경제학부의 김영용 교수와 대구대학교 무역학과의 전용덕 교수의 저술 『자유와 시장』에서 가져온 것이다. 이 책은 고급차 수입 문제뿐만 아니라 마약 문제에서부터 대학자율화에 이르기까지 자칫 감정이나 정서에 의존해 생각하기 쉬운 이슈들을 시장 경제의 논리로 분석한다. 특히 내가 아는 한, 한국에서 가격이론으로 사람들의 행위와 사회현상을 설명하여 시장 경제 논리를 전파한 최초의 책이다.

개인적으로 이 책을 접한 후부터 경제학 논리의 매력에 빠져 지금까지 재미있게 경제학을 공부하고 있다.

사람들은 주위에서 일어나는 사건들의 원인을 분석하고 평가할 때 감정적이며 정서적인 태도를 취할 때가 많다. 지식인도 크게 다르지 않는데, 사회현상에 대한 정확한 이해와 논리적 분석의 결여는 문제 해결을 더욱 어렵게 한다. 그래서 훌륭한 선생과 좋은 책이 필요하고, 이 책은 이러한 취지에 충분히 부합하는 책이다.

물론 1991년에 출판된 이 책을 지금 구해 읽기는 힘들 것이다. 그러나 두 저자의 경제학적 관점이 담긴 최근의 저작들이 계속 좋은 길잡이 역할을 해줄 수 있을 것이다. 『자유와 시장』 후속 격인 김영용 교수의 『생활 속 경제』와 전용덕 교수가 번역에 참여한 진 캘러헌의 『대중을 위한 경제학』이 그것이다. 이런 책들을 통하여 인생의 터닝 포인트가 될 수 있는 지적 감동을 느껴보길 바란다.

- 정회상 | 한국경제연구원 부연구위원

시장을 이기는 정부는 없다

'시장의 탐욕' '시장의 실패' '시장의 권력'이라는 표현은 시장이 스스로 생각하고 행동한다는 의미를 담고 있다. 하지만 실제로 시장은 그렇지 않기에 이는 부당한 의인화(擬人化)에 해당한다. '시장의 실패' 역시 잘못된 의인화다. 시장이 실패하는 것이 아니라 정책이 실패하는 것이다.

– 조동근

공포정치의 대명사 로베스피에르는 모든 어린이가 우유를 마실 권리가 있다고 천명하며 우유가격을 반으로 내릴 것을 지시했다. 그는 이처럼 프랑스 시민혁명 이후 민심을 달래기 위한 방편으로 생필품의 최고가격을 제한하는 정책을 썼다. 가격을 올려서 받는 이를 가려내 처벌한 것이다. 로베스피에르의 이 정책은 시민들에게서 큰 환영을 받았다.

그런데 우윳값이 잠시 떨어지는가 싶더니 규제 이전보다 오히려 월등하게 올라갔다. 낙농업자들이 원가 이하로 판매하라는 압박을 견디다 못해 파산하거나 젖소 사육을 포기해 시장에 우유공급이 터무니없이 줄었기 때문이다.

낙농업자들이 젖소를 키우지 못하는 이유가 비싼 건촛값 때문이라는 이야기를 들은 로베스피에르는 이 역시 규제에 나섰다. 그러자 이번에는 건초 생산자들이 건초를 다 태워버렸다. 결국 우유가격은 규제 이전과 비교할 수 없을 정도로 높게 치솟았고 암시장에서 거래되는 비싼 식품이 되었다. 본래 모든 어린이를 위해 만든 정책이었건만 누구도 우유를 마실 수 없는 상황을 초래하고 말았다.

조동근 교수가 즐겨 사용하는 "시장을 이기는 정부는 없다"는 문구는, 짧지만 간결하게 정부가 숱하게 저지르는 반시장적 정책들에 일침을 가하고 있다. 로베스피에르는 가격규제 정책을 어기는 상인은 단두대에서 극형을 처했지만 끝내 우윳값을 잡지 못했다. 공포정치로도 시장의 힘을 거스를 수는 없었던 것이다. 수요와 공급에 의해 이루어지는 시장가격을 왜곡시키는 정책은 실패할 수밖에 없다. 이는 오랜 역사가 증명한 교훈이다.

안타깝게도 정부의 가격규제 정책은 로베스피에르가 살았던 1700년대뿐만 아니라 오늘날까지도 반복되고 있다. 정부는 서민들의 주거안정을 위해 부동산 가격을 규제했고 근로자의 임금이 낮다고 최저임금제를 도입했다. 또 대학등록금이 높다고 반값 등록금을 거론하는가 하면 서민들의 통신비 부담이 높다는 이유로 휴대폰 가격까지 규제하기 시작했다. 이러한 정책들은 시장의 혼란을 불러오고 거래를 마비시켰다.

정부는 의도한 결과를 이끌어내지 못하더라도 시장원리에 역행하는 정책을 만들어낼 수밖에 없다. 정치인들은 서민의 인기를 필요로 하는 존재이기 때문이다. 인기를 위해 시장원리를 무시하고 생필품 규제 정책을 꺼내 들었던 로베스피에르는 결국 자신의 손으로 만든 단두대에서 목숨을 잃었다. 그가 처형당하던 날 파리의 주부들은 거리에서 이렇게 외쳤다. "더러운 최고가격이 저기 끌려가고 있다." 어디에도 시장을 이길 정부는 없다.

- 곽은경 | 자유경제원 시장경제실장

내 마음속 자유주의 한 구절 집필진 (가나다순)

강규형(명지대 기록대학원 교수, 현대사)

곽은경(자유경제원 시장경제실장)

권혁철(자유기업센터 소장)

김광동(나라정책연구원 원장)

김소미(용화여고 교사)

김승욱(중앙대 교수, 경제학)

김영신(한국경제연구원 연구위원)

김영용(전남대 교수, 경제학)

김이석(시장경제제도연구소 소장)

김인영(한림대 교수, 정치행정학)

김정호(프리덤팩토리 대표/연세대 특임교수)

김행범(부산대 교수, 행정학)

남정욱(숭실대 교수, 문예창작학)

류석춘(연세대 교수, 사회학/연세대 이승만연구원 원장)

박동운(단국대 명예교수, 경제학)

박종운(시민정책연구원 연구위원)

배진영(월간조선 차장)

복거일(소설가)

송 복(연세대 명예교수, 사회학)

송상우(보현한의원 원장)

신중섭(강원대 교수, 윤리교육)

안재욱(경희대 교수, 경제학)

이애란(자유통일문화원 원장)

이원우(미디어펜 기자)

이유미(컨슈머워치 사무국장)

전희경(자유경제원 사무총장)

정규재(한국경제신문 주필)

정기화(전남대 교수, 경제학)

정회상(한국경제연구원 부연구위원)

조동근(명지대 교수, 경제학)

조윤희(부산 금성고 교사)

조전혁(전 인천대 교수, 경제학)

최승노(자유경제원 부원장)

현진권(자유경제원 원장)

황성준(문화일보 논설위원)

황수연(경성대 교수, 행정학)

내 마음속 자유주의 한 구절

펴낸날	초판 1쇄 2015년 6월 15일

엮은이	복거일 · 남정욱
펴낸이	심만수
펴낸곳	(주)살림출판사
출판등록	1989년 11월 1일 제9-210호

주소	경기도 파주시 광인사길 30	
전화	031-955-1350	팩스 031-624-1356
기획 · 편집	031-955-4675	
홈페이지	http://www.sallimbooks.com	
이메일	book@sallimbooks.com	

ISBN	978-89-522-3165-9 03800

이 도서의 국립중앙도서관 출판시도서목록(CIP)은 서지정보유통지원시스템 홈페이지
(http://seoji.nl.go.kr)와 국가자료공동목록시스템(http://www.nl.go.kr/kolisnet)에서
이용하실 수 있습니다.(CIP제어번호: CIP2015014930)